**초록을 지닌 채
우리는**

초록을 지닌 채
우리는

이주영 소설

교유서가

차례

디어 시스터 007

산책 033

이터널 선샤인 061

되는 얘기 087

북해서가 117

안녕한 하루 147

캠프닉 173

돌스의 사생활 201

작가의 말 227

디어 시스터

외할머니의 집은 지은 지 30년이 넘은 5층짜리 아파트였다. 문경시외버스터미널에서 택시를 타면 기본요금 거리라 승강장에서 동우맨션이요, 하면 기사들이 싫은 내색을 했다. 아파트는 답답해서 하루도 못 산다고 했던 외할아버지가 세상을 뜨자 할머니는 살던 주택을 팔고 이곳으로 이사왔다. 매년 봄, 엄마와 함께 문경에 내려가면 우리는 똑같은 레퍼토리의 집 자랑을 들어야 했다. 세상천지에 내보다 예쁜 마당 가진 사람 있으면 나와보라 캐라. 아닌 게 아니라 굵직한 벚나무들이 아파트를 감싸고 있어 베란다 창문은 연분홍 꽃잎으로 뒤덮였다. 엄밀히 말해 그건 아파트 소유이지 할머니의 개인 정원은 아니었지만 굳이 그런 말을 해서 그녀의 심기를 불편하게 할 필요는 없었다. 지난해 여름, 나는 방학의 대부분을 이 아파트에서 홀로 보냈다.

외할머니의 병명은 초기 뇌경색이었다. 종업식 날, 할머니가 문경 시내 종합병원에 입원했다는 소식을 엄마에게 들었다. 다행히 수술 없이 약물치료만으로 호전될 수 있다고 했지만 문제는 할머니가 입원해 있는 동안 옆에 있을 가족이었다. 할머니가 중환자실에서 일반 병실로 옮긴 날, 엄마는 내게 전화를 했다. 구청에 다니는 부산 이모가 장기 휴가를 내는 건 불가능했고 사촌동생 재훈은 군복무중이었다. 나는 순순히 받아들였다. 교사연수가 없는 방학이라 그 정도 시간은 낼 수 있었다. 그동안 엄마는 예약 손님 스케줄만 정리해두고 일산 미용실 문을 잠시 닫겠다고 했다.

면회 시간은 오전 10시와 오후 4시였다. 뻣뻣한 팔과 다리를 주무르며 할머니와 수다를 떠는 게 병원에서 내가 하는 일의 전부였다. 할머니의 상태는 매일 조금씩 나아졌다. 다만 사물을 또렷이 보고 혼자 걸음을 걷기까지는 두어 달쯤 걸릴 거라고 주치의는 말했다. 할머니가 안정적으로 회복하는 모습을 보이자 나도 마음에 여유가 생겼다. 하지만 우리의 손말임 여사가 누구신가. 기력이 조금씩 돌아오자 두고 온 살림 걱정이 시작되었다. 할머니의 지시 사항은 면회 때마다 텃밭의 잡초처럼 늘어갔다.

"은아, 뒷베란다 페트병 세번째 꺼, 희끄무리한 물 담겨 있거든. 선인장 화분에 살살 부어줘라. 거름할라고 막걸리 묵다 남은 거 모다논 기다."

 여든넷이라는 나이가 믿기지 않을 정도로 할머니는 집안 구석구석 무엇이 있는지 정확하게 기억했다. 싱크대 맨 아래 서랍에 모아둔 비닐봉지 다발은 아파트 단지 앞의 채소 노점 아주머니에게 가져다주었다. 한 달 전에 빌려준 다리미를 찾으러 5층 화남댁 할머니를 찾아간 날은 한 시간 넘게 그 집에 붙들려 있어야 했다. 외할머니가 쓰러졌을 때의 상황부터 최근의 회복세와 퇴원 전망까지 세세히 말씀드려야 했기 때문이다. 화남댁 할머니는 내 이야기를 다 듣고 난 뒤 다리미를 어디에다 뒀는지 기억나지 않는다며 나중에 찾아서 갖다주겠다고 했다. 나는 참외 세 개만 받아들고 집으로 돌아왔다.

 문경에 온 지 보름이 넘었을 무렵이었다. 병실에 들어서니 창가 자리 침대가 빈 것이 눈에 띄었다. 아들만 다섯을 둔, 중풍으로 몸 오른쪽을 잘 못 쓰는 분의 자리였다. 외할머니는 아들들이 번갈아 면회를 올 때마다 그쪽을 부러운 눈치로 쳐다보곤 했다.

"창가 할머니, 병실 옮겼어?"

 보조의자를 할머니 침대 쪽으로 당겨 앉으며 물었다.

"죽었다."

할머니는 마치 다른 동네로 이사갔다고 전하듯 아무렇지 않은 목소리로 말했다.
"뭐? 어제 오후에도 봤잖아? 그땐 괜찮아 보였는데?"
"저승사자가 어디 예고하고 델꼬 가드나."
너무나 덤덤한 할머니의 반응에 나는 불안해졌다. 무슨 말을 해야 할지 몰라 입을 꾹 다물고 할머니 다리만 주물렀다. 한동안 말이 없던 할머니는 내게 가까이 오라고 손짓을 했다. 얼굴을 가까이 하자, 낮은 목소리로 이렇게 속삭였다.
"안방 화장대 맨 밑에 서랍에…… 있는데."
"서랍에 뭐? 뭐가 있다고?"
"가시나 목소리가 와 이리 크노. 온 천지 사람 다 듣겠다."
할머니는 여전히 속삭이는 톤으로 나를 나무랐다.
할머니의 주문은 이러했다. 서랍에 든 편지 봉투 뭉치를 찾아서 편지를 보낸 강정자 씨를 만나고 오라는 것이었다. 통영에 사는 강정자 씨에게 당분간 편지를 못 보내게 됐다는 말을 꼭 전해야 한다고 했다.
"강정자 씨가 누군데?"
"펜팔 친구."
"할머니 펜팔도 해?"
"……"
할머니의 미간에 살짝 주름이 잡혔다. 더 자세한 건 물어보지 말라는 신호였다. 나는 이를 모른 체하고 입을 열었다.

"내가 전화 걸어서 전해줄게."

"번호 모린다."

"아무리 펜팔 친구라도 그렇지, 전화번호도 여태 안 물어봤어?"

미간의 주름이 더 깊어지나 싶더니 할머니의 언성이 갑자기 높아졌다.

"통영이 바다 건너 미국도 아이고, 할매 이래 아픈데 그 정도 부탁도 몬 들어주나?"

면회 시간이 끝나기 직전, 할머니는 갑자기 내 손을 꼭 잡더니 전에 없이 다정한 목소리로 그동안 병원 왔다갔다하느라 고생 많았제, 라고 말했다. 통영 가는 김에 2, 3일 바람도 쐬고 맛있는 것도 사 먹으라며 돈주머니가 있는 곳까지 알려주었다.

안방 화장대 서랍에는 노란 고무줄로 묶어둔 편지 봉투 뭉치가 세 개나 있었다. 봉투의 색이나 규격은 다양했지만 발신인은 모두 같았다. 경남 통영시 북신동 423-2 우신골드아파트 1동 903호 강정자. 나는 봉투 하나를 뭉치에서 빼내어 노트 사이에 끼웠다. 엄마에게 전화를 걸어 통영에 가게 됐다고 하자 엄마는 펜팔 친구는 금시초문이라며 심드렁해했다.

"니네 할머니 별난 거 하루이틀이니. 너한테 시킨 거니까 니가 알아서 해."

나는 화장대 옆에 놓인 등나무 수납장을 열었다. 반짇고리 옆에 길쭉한 색동 천주머니가 보였다. 주머니를 열어 세종대왕 다섯 장을 꺼냈다가 두 장은 도로 넣어두었다.

*

통영종합버스터미널에 도착하니 오후 4시가 가까워 있었다. 이 도시는 처음이었다. 지난밤 인터넷으로 급하게 예약한 '호텔 드 나폴리'의 간판이 길 건너편에 보였다. 휴가철이라 웬만한 숙소에는 빈방이 없었다. 터미널에서 가깝고 가격이 나쁘지 않아 고른 숙소였지만 바람에 펄럭이는 무지개색 주차장 가림막을 보니 호텔보다는 모텔에 가까운 듯했다. 간단히 요기라도 할까 싶어 주위를 둘러보았지만 마땅한 식당이 눈에 들어오지 않았다. 어딘가 어수선하고 황량한 인상의 동네였다.

택시는 15분쯤 달려 로터리가 있는 번화가에 도착했다. 약국과 건어물 상회 사잇길로 들어서니 상아색 아파트가 정면에 나타났다. 경비복을 입은 마른 몸집의 노인에게 1동이 어디냐고 물었다. 그는 눈앞의 건물을 가리키며 여긴 동이 하나라고 말했다.

"누구 찾십니꺼?"

"아, 903……"

"거 지금 아무도 없는데."

경비 할아버지는 나를 아래위로 훑어보며 퉁명스럽게 말했다.

"아무도 없다카이. 내 말 몬 믿겠으면 올라가보든가."

이대로 돌아서면 지는 기분이 들어 9층으로 올라갔다. 초인종을 다섯 번 누르고 한참 문앞에 서 있다가 다시 내려오자 그는 가볍게 혀를 차며 말했다.

"길 건너서 쭉 내려가면 이불집이 하나 보일 거요. 그 건물 2층에 호프집이 하나 있거든. 903호 찾을라 카믄 글로 가보이소."

경로당이나 노인정, 하다못해 동사무소도 아닌 호프집이라니. 잘못 들은 건가 싶었지만 그의 자신만만한 표정을 보고 나는 횡단보도 쪽으로 걸음을 옮겼다.

호프집의 이름은 '오늘도 딱 한 잔'이었다. 건물 외관이 낡은 것에 비해 가게 내부는 의외로 환하고 깔끔했다. 스피커에서는 심수봉의 〈백만 송이 장미〉가 흘러나왔다. 손님은 창가 쪽 테이블에 앉은 여자 두 명이 전부였다. 두 사람 모두 아무리 많이 잡아도 쉰을 넘지는 않아 보였다. 구석자리에 배낭을 내려놓고 앉은 내게 그들 중 한 명이 다가왔다. 사장이 잠깐 자리를 비웠다며 술은 냉장고에서 꺼내 먹으면 된다고 여자는 말했다. 그 말을 들으니 평소에 마시지도 않던 맥주가 갑자기 당겼다. 냉장고에서 맥주 한 병과 얼린 컵을 가져왔다. 두 잔을 연거푸 비우고 나니 이상하게 마음이 고요해졌다.

맥주를 거의 다 비웠을 즈음 키가 큰 중년여성이 가게로 들어섰다. 알코올 기운에 눌려 슬그머니 사라졌던 숙제가 다시 가슴을 압박해왔다. 카운터로 가자 사장은 내게 메뉴판을 건넸다.

"여행 오셨나봐? 천천히 보시고 불러주세요."

커트 머리에 다부진 인상이었지만 말투는 다정했다. 나는 아무 말도 하지 못하고 자리로 돌아왔다. 5분 뒤, 내가 카운터를 향해 손을 들자 그녀가 다가왔다.

"돈가스 하나 하고요…… 저 사실, 강정자 씨가 여기 계시다고 들었는데……"

"…… 우리 엄마를 어떻게 아세요?"

사장은 눈이 살짝 커졌다가, 손말임 할머니 외손녀라는 내 소개를 듣고 표정을 누그러뜨렸다. 조금 뒤 사장은 맥주 두 병과 돈가스 접시를 들고 내 자리로 왔다. 맞은편에 앉은 내게 술을 따라주고 자신의 잔도 채웠다.

"무슨 일로 여기까지 온 거예요? 문경 어머니 혼자 사신다고 들었는데."

나는 할머니가 뇌경색으로 입원해서 당분간 문경에 머물고 있다고 말했다. 그녀는 걱정스러운 표정으로 할머니의 상태를 세세하게 물었다.

"친자식도 간호 힘들어하는데 외손녀가 대단하시네요."

"간호까지는 아니고…… 제가 첫 손주여서 예쁨을 좀 많이 받았어요."

그건 사실이었다. 엄마가 나를 낳고 몸이 좋지 않아 외할머니가 우리집에 살다시피 하면서 나를 키운 건 누누이 들어 알고 있었다. 초등학교에 들어간 뒤에도 방학이면 문경에 내려가 살았다. 돌이켜보면 이혼 후 미용실 일에 바빴던 엄마가 친정에 나를 맡긴 거였지만, 그때 나는 서울보다 문경이 훨씬 좋았다. 학기 말이면 누구나 하나씩 받는 상장을 보고도 할아버지와 할머니는 내가 전국 수석이라도 한 것처럼 호들갑을 떨었다. 거창하게 상장 수여식을 거행한 뒤 두 분은 그걸 액자에 넣어 TV 위에 걸었다.

식기 전에 먹어야 맛있다며 사장은 나이프와 포크를 집어 돈가스를 큼직하게 잘랐다. 고소하고 달큰한 소스 냄새가 코끝에 끼쳐오자 갑자기 식욕이 돋았다. 생각해보니 아침에 터미널에서 사 먹은 단팥빵 말고는 하루 종일 먹은 게 없었다.

"근데, 엄마가 어제 김해 남동생 집에 가셨는데…… 1주일 정도 있다 오실 거라서요."

사장은 미안한 기색으로 말했다. 내가 뭘 궁금해하는지 이미 아는 눈치였다. 나는 강정자 어르신께 할머니 말을 꼭 전해달라고 그녀에게 당부했다.

"근데 두 분은 언제부터 펜팔을 하신 거예요? 편지가 엄청 많더라고요."

"그게, 3년 정도 됐죠? 두 분 다 그때쯤 한글을 배웠으니까요."

 할머니가 3년 전에 한글을 배웠다니, 처음 듣는 이야기였다. 당황해하는 기색을 눈치챘는지 그녀는 잠시 말을 멈추고 내 표정을 살폈다. 나는 아무것도 아니라며 살짝 미소를 지었다.

 사장의 이야기는 이랬다. 어느 날 어머니가 봉투 하나를 내밀면서 출근길에 우체국에 가서 부쳐달라고 그녀에게 부탁했다. 주소가 문경으로 되어 있어 웬 편지냐고 물었더니 펜팔 친구가 생겼다는 거였다. 어머니가 다니는 통영 늘푸른한글교실과 문경 제일한글학교가 결연을 맺었다고 했다. 그때부터 한 달에 한두 통씩 통영과 문경 간에 편지가 오가기 시작했다. 처음에는 편지만 주고받았지만 시간이 지나면서 사과며 마른멸치며 택배 상자도 적잖이 오갔다.

 "펜팔한 지 1년쯤 됐을 때 엄마 모시고 문경 가려고 했는데 하필 그때 엄마가 허리를 삐끗하신 거예요. 그뒤로 흐지부지되면서 문경 어머니를 여태 한번도 못 뵀어요."

 출입구 쪽에서 낭랑한 종소리가 들렸다. 등산복을 입은 중년 남자 대여섯이 호프집으로 들어왔다. 나는 배낭을 챙겨 자리에서 일어섰다. 호프집을 나서기 전 그녀와 휴대전화 번호를 교환했다. 그녀는 자신을 윤 사장으로 불러달라고 했다.

 그날 밤, 호텔 드 나폴리의 신형 물침대에 적응하지 못해 나는 자꾸만 잠에서 깼다. 출렁이는 매트리스 위에서 몸을 뒤

척이다 창밖이 희끄무레 밝아오는 걸 보고 침대에서 빠져나왔다. 배낭을 열어 노트 사이에 끼워둔 편지 봉투를 꺼냈다. 끄트머리만 가위로 반듯하게 잘렸을 뿐, 봉투는 구김 하나 없이 깨끗했다.

> 형님, 추우데 어찌 지네십니꺼. 통영은 어제 첫눈이 쪼매 왔십니더.
> 미국딸이 저번주에 왔다가 오늘 아침서야 가는 바람에 답장이 늦었네예.
> 요새는 국산도 잘나온다고 아무껏도 사오지마라캐도
> 지판에는 맏이 노릇 한다고 영양제하고 미제 땅콩에 양말까지
> 가방 자꾸가 안 잠기도록 너랐더라고예.
> 저거 아버지 산소 갔다가 중앙시장서 회 떠묵고 망내이 보러 갔다 오이까
> 금시 1주일이 가쁘데요.
> 이제 또 한 3년 뒤에나 보겠지요.
> 인자는 기술이 좋와가 전화기로도 얼굴 보고 하지마는 어디 손 한번 잡는 거만합니꺼.

*

 동양의 나폴리라는 말에 걸맞게 통영은 아름다운 곳이었지만 그 아름다움을 즐기기에는 날이 너무 더웠다. 케이블카를 타고 한려수도를 대충 둘러본 뒤 미련 없이 시내로 돌아왔다. 카페에서 아이스 아메리카노를 마시며 에어컨 바람

을 쐬니 정신이 좀 돌아오는 듯했다. 카페를 나서자 '세병관 100m'라는 표지판이 보였다. 언젠가 친구가 통영에 가면 꼭 들러보라고 했던 곳이었다.

세병관에 올라서니 놀랍게도 서늘하고 잘 마른 바람이 불어왔다. 사방이 모두 뚫려 있는 거대한 기와집에 많은 이들이 옹기종기 모여 앉아 있었다. 나도 나무 기둥 옆에 자리를 잡고 마룻바닥에 누웠다. 기분 좋은 한기가 등을 타고 전해왔다. 한숨 자볼까 싶어 눈을 감았지만 윤 사장이 했던 말이 자꾸 귓가에 어른거렸다. 할머니 생신 때 썼던 편지들은 지금 어디에 있을까. 할머니는 언제나 선물보다 내 편지를 먼저 집어들었고, 다 읽은 뒤에는 나를 꼭 안아주었다. 내 편지를 찬찬히 읽어내려가는 할머니의 표정이 어땠었는지 기억해보려 애썼지만 아무것도 떠오르지 않았다. 전화기에서 진동이 느껴졌다. 윤 사장의 문자메시지였다. 어제 대접이 시원찮았던 게 마음에 걸린다며 저녁을 사고 싶다고 했다.

테이블이 다섯 개뿐인 '충무공횟집'은 만석이었다. 윤 사장은 오늘 아침 배로 들어온 거라며 해산물 접시를 내 앞으로 밀어주었다. 그녀는 서울에서 직장생활을 하다 7년 전에 통영으로 내려와 어머니와 함께 살고 있다고 했다.

"아버지 돌아가시고 엄마가 많이 외로워하셨거든요. 저도 그때 혼자 사는 데 조금 지쳤었고. 직장 다시 구할 때까지만 통영에 있으려고 했는데, 살면서 계획대로 되는 게,"

하나도 없죠, 라고 내가 말을 받으니 윤 사장은 빙긋 웃으며 술잔을 부딪쳤다.

접시가 거의 다 비었을 때쯤 그녀는 내게 작은 쇼핑백 하나를 건넸다. 안에는 편지 봉투가 가득 들어 있었다.

"이게 뭐예요?"

"이제는 제가 가지고 있을 필요가 없을 것 같아서요."

봉투 하나를 집어들었다. 보내는 사람 손말임. 처음 보는 할머니 글씨였다.

"엄마는 자던 잠에 가셨어요."

"...... 네?"

나는 고개를 들어 그녀를 마주보았다.

처서 지나고 일이었으니 벌써 1년이 다 되어간다고 윤 사장은 덤덤한 목소리로 말했다. 무릎 빼고는 특별히 안 좋은 데가 없던 분이었는데 어느 날 아침, 안방 문을 열어보니 어머니가 눈을 영영 뜨지 못했다고 했다. 장례 치르고 가게를 다시 연 날, 문경에서 편지가 도착했다. 계절 바뀔 때라 그런지 부쩍 어지럽고 핑 도는 일이 많다, 동생도 건강 잘 챙기라는 내용이었다. 그녀는 며칠을 고민하다 어머니의 필체를 흉내 내어 짧게 답장을 써 보냈다. 통영도 이제 밤은 꽤 선선해졌다고, 매미 우는 건 시끄럽기만 하더니 귀뚜라미 소리는 은은해서 좋다고. 그후로도 그녀는 문경에서 편지가 올 때마다 어머니인 척 답장을 썼다. 다음번에는 꼭 이야기해야지, 하고 다짐하고 미루기를 반복했다.

"충격받으실까봐 바로 말씀을 못 드렸던 건데…… 일이 이렇게 될 줄은 몰랐어요."

윤 사장은 호프집에서 말하지 못한 것에 대해서도 사과했다. 괜찮다고 대답했지만 머릿속은 뿌옇기만 했다. 이곳에서 내가 알게 된 이야기를 어떻게 할머니에게 전해야 할지 정리가 되지 않았다. 해삼 한 점을 집어 입에 넣었다. 미끄덩하고 꼬들꼬들한 그것을 몇 번이고 꼭꼭 씹어도 개운해지지 않았다.

횟집에서 나와 우리는 천천히 걸었다. 얼마 지나지 않아 작은 포구가 눈앞에 나타났다. 흰 등을 밝힌 어선 몇 척을 옆에 두고 그녀는 방파제 쪽으로 걸음을 옮겼다.

"우리 엄마, 편지지가 얼마나 많은지 알아요?"

윤 사장은 뜬금없이 이렇게 말했다. 나는 그녀 쪽으로 고개를 돌렸지만 어두워서 얼굴이 잘 보이지 않았다. 그녀는 상을 치른 뒤 짐 정리를 하던 시절로 얘기를 이어갔다. 문경에 첫 편지를 써 보낸 뒤 그녀는 안방 책상을 정리하기 시작했다. 한글 교본과 이런저런 읽기 교재, 쓰다 만 수첩 등을 모으니 라면 박스 하나가 가득찼다. 마지막으로 책상 아래 붙어 있는 서랍을 열어보고 그녀는 깜짝 놀랐다. 포장 비닐을 벗기지도 않은 편지지들과 색연필 세트, 철제 필통 두 개가 들어 있었다. 편지지는 색과 디자인에 따라 분류되어 있었는데 노란색 계열에 동물이 그려져 있는 게 가장 많았다. 어머니가 펜팔을 시작한 뒤로 문구점에 가는 데 재미를 붙인 건 알았지만 이렇게 많은 편지지를 사 모았을 줄은 상상하지 못했다. 그녀는 손대지 않고 서랍을 도로 닫아두었다.

 문경에서 다시 편지가 온 날 밤, 윤 사장은 고민하다 책상에 앉았다. 서랍에서 편지지 세 종류를 꺼냈다. 그것들을 찬찬히 들여다보다 눈밭에서 개가 뛰어노는 그림이 그려진 하늘색 편지지를 골랐다. 어머니의 수첩을 가져와 빈 종이에 필체를 따라 써보기 시작했다. 그렇게 두번째 편지를 완성했다. 이상한 일이었다. 그녀는 점점 문경에서 오는 편지를 기다리게 되었다. 퇴근 후 수첩을 보며 필체 연습을 했다. 처음에는 한 줄 쓰기도 어려웠는데 편지를 보내는 횟수가 거듭될수록 이야기가 늘어났다. 아침은 뭘 먹었을까, 무슨 옷을 입고 경로당에 갔을까, 저녁 먹고 어디까지 산책을 다녀왔을까…… 이 세상에 있지도 않은 어머니의 하루를 자꾸 상상하게 됐다.

 하늘이 희끄무레해지도록 책상에 앉아 있던 새벽이었다. 그녀는 편지지를 꺼내려 서랍 안쪽에 손을 뻗었다가 종잇조각 하나를 발견했다. 멀티플렉스 영화관 티켓이었다. '프랑스 고전영화 특별전'이라는 문구 아래 처음 듣는 영화 제목이 쓰여 있었다. 영화관은 집에서 버스로 40분 거리에 있었다. 윤 사장은 다시 서랍에 손을 깊숙이 넣었다. 지역노인복지 확충을 위한 시민공청회 팸플릿, 박경리기념관 북카페 쿠폰, 시조 시인 김초화 탄생 백 주년 낭독회 입장권, 경상대 통영캠퍼스 학생식당 식권 네 장이 나왔다. 윤 사장은 거북시장에서 장본 이야기를 편지에 쓰려던 계획을 접었다. 극장에 가기 위해 버스를 두 번 갈아탄 이야기를 썼다. 첫 문장을 쓰는 데에 30분이 넘게 걸렸지만 이후에는 술술 잘 풀려나갔다. 등뒤가 서늘한 느낌에 자주 뒤를 돌아봤다.
"그날은 정말 이상했어요. 엄마가 옆에 와서 문장을 불러주는 것 같았거든요."
방파제 끝 등대 입구에는 자물쇠가 채워져 있었다. 변명을 이렇게 길게 해서 미안하다고 윤 사장은 말했다.

*

할머니의 편지는 모두 마흔세 통이었다. 나는 숙소로 돌아오자마자 쇼핑백에 든 봉투를 모두 꺼내 테이블 위에 늘어놓았다. 크기별로 나눠보고 색깔별로도 모아보다 결국 다시 섞어서 쇼핑백에 도로 넣어버렸다. 목이 말랐다. 냉장고에서 생수병을 꺼내 단숨에 비우고 다시 테이블로 다가갔다. 손에 잡히는 대로 봉투 몇 개를 꺼냈다.

정자 동생에게.
아까는 노인정에서 놀다가 은행 갈라꼬 나섰는데

젊은 사람이 좋아를 노나주대.

사거리 빵집 옆에 슈퍼를 하나 열었다카는 내용이라.

옛날 가탔으면은 원지도 모르고 남사시러버가 누구한테 물어보도 못했을텐데

괜히 젊은 사람한테 슈퍼 이름이 벨마트가 맞냐고 말을 걸었다 아이가.

예 어무이 개업선물도 주니까 꼭 오이소카면서 음수로 살갑게 안대하나.

그래가 내일은 벨마트에 한번 가볼라칸다.

가리늦가 글자 배운기 뭐 자랑이라 시퍼 주위에는 하나도 티를 안냈는데

동생한테는 마음 노코 기분 좋다고 쓴다.

정자 동생.

요며칠 전에는 꿈에 어릴적 한마을 동무가 나왔다.

열여섯 땐가 사무소 같은데 델꼬 가서 지 이름 적고 내 이름도 적어는데

그기 나중에 알고보이 빨갱인지 뭔지 하는 거라카데.

동란 때 나는 대구 외숙댁에 가있어 몰랐는데

전쟁 끝나고 고향 가니까 가가 강뚝에 끌려가서 죽었다카는기라.

우리 마을 여자 중에서 유일하게 글자를 알아서 음시 부러워했었는데.

이름도 기억한다. 김계행.

왜 갑자기 꿈에 나왔을꼬. 내 데불고 갈라카는가.

디어 정자 시스터.

오늘 노인대학에서 영어를 배왔는데 편지 쓸때 이름 앞에 디어를 부치라

카대.
디어가 원지는 잘모르겠다마는 배왔는거 한번 써먹어본다.
내일은 중학교 선생하는 손녀가 온다캐서 뭐를 맛있는거를 해줄까 싶네.
가가 어릴적부터 똑똑해가 방학때마다 상장을 얼마나 타왔는지
우리집 벽에 다 부치지도 못했다.
아, 우리 아들은 뭐하느냐고 물었제.
우리 아들은 서울서 대학교수한다.
학교일이 바쁜지 요새는 명절에도 잘 못온다.

나는 침대로 기어들어가 눈을 감았다. 언젠가 엄마가 전화로 했던 말이 머리를 스쳤다. 문경에 갔더니 할머니가 가게 전단지며 교회에서 준 홍보 책자, 철 지난 선거 공보물까지 TV 장식장 위에 잔뜩 쌓아놨더라고. 재활용품 수거하는 날 엄마는 그걸 모두 갖다 버렸고 그 사실을 뒤늦게 안 할머니는 엄마에게 화를 냈다. 쓰레기를 버린 게 이렇게까지 혼날 일이냐며 엄마는 한참 하소연했다.

이불 속에서 휴대전화가 짧게 울렸다. 오늘 고마웠다는 윤 사장의 문자메시지였다. 덕분에 저녁 잘 먹었습니다. 저도 오늘 감사했어요, 내일 문경에 돌아가서, 까지 쓰다가 모두 지우고 메시지창을 닫아버렸다. 한참 멍하니 누워 있다 다시 전화기를 손에 쥐었다. 윤 사장과 몇 번의 메시지를 주고받은 끝에 다음날 아침 고속버스터미널에서 만나기로 약속을

잡았다.

*

오후 면회 시간을 조금 넘겨 병원에 도착했다. 간밤에 할머니의 혈압이 치솟아서 아침부터 고생했다는 엄마의 문자메시지에 문경으로 오는 내내 마음이 편치 않았다. 병실에 올라가니 할머니 곁에 앉아 있는 엄마와 이모가 보였다. 나는 침대로 다가가 이불 속에 있는 할머니 손을 찾아 쥐었다. 할머니는 눈을 감고 있었다.

"통영 잘 갔다 왔나. 정자는 만났고?"

"아, 그 할머니 못 만났어요."

할머니의 미간이 찌푸려지면서 나를 잡은 손에 힘이 들어갔다.

"와? 무슨 일 있다 카드나?"

"그게, 미국 사는 큰딸네에 갔대요. 지난달에, 아주 살러요."

작은딸이 하는 호프집에 가서 그 얘기를 들었다고 할머니에게 말했다. 할머니는 생각에 잠긴 듯 말이 없었다. 나는 배낭에서 편지 봉투 하나를 꺼내 할머니 손에 쥐여주었다. 진초록 바탕에 연두색 물고기들이 그려진 것이었다.

"강정자 할머니가 미국 가기 전날 쓴 거래요."

작은딸이 그동안 바빠서 부치지 못했다며 내게 전달을 부탁했다고 하자 할머니의 표정이 조금 누그러졌다. 할머니는 실눈을 뜨고 봉투를 이리저리 살펴보더니 다시 눈을 감았다. 아무래도 미국이 여기보다는 살기가 안 낫겠나. 할머니는 혼잣말처럼 작게 중얼거렸다.

"근데 미국은 멀어서 편지가 잘 갈란가 모리겠네."

"아, 큰딸이 최근에 이사를 가서 아직 주소를 모른다던데……"

할머니는 더이상 말이 없었다. 읽어봐드릴까요, 라고 물으니 고개를 저었다. 눈이 회복되면 천천히 보겠다며 할머니는 이불 속에 편지를 집어넣었다.

할머니 집에서 늦은 저녁을 먹으며 엄마는 할머니가 퇴원하면 일산으로 모셔야겠다는 얘기를 꺼냈다. 언니 말이 백번 맞는데 엄마 고집이 워낙 황소라서, 라며 이모는 말끝을 흐렸다.

"그나저나 이번 오빠 제사는 건너뛰는 게 맞을 것 같아. 엄마 저렇게 병원에 계신데."

이모가 엄마에게 말했다.

"그래, 집에 우환 있을 때는 하는 거 아니라더라. 진수도 이해할 거야."

"외삼촌이 은이 너 진짜 귀여워했는데, 기억 안 나지?"

이모의 말에 나는 고개를 끄덕였다. 내가 두 살 때 교통사고로 세상을 뜬 외삼촌은 사진으로만 얼굴을 보았다. 사진 속에서 외삼촌 품에 안긴 나는 울고, 그는 웃고 있었다.

 상을 치우고 과일을 다 먹은 뒤에도 엄마와 이모의 대화는 끝날 줄 몰랐다. 나는 조용히 할머니 방으로 들어갔다. 요를 펴고 누웠지만 이상하게 잠이 오지 않았다. 도로 일어나 불을 켜고 벽에 기대어 앉았다. 등나무 수납장 옆에 세워둔 접이식 탁자가 보였다. 탁자를 펼치고 그 밑으로 두 다리를 쭉 뻗었다. 시트지가 벗겨진 모서리에는 지우개 가루가 묻어 있었다. 나는 회색빛 가루들을 한데 뭉쳐 손가락으로 이리저리 굴려보았다. 할머니가 연필을 들고 또박또박 써내려간 문장을 생각했다. 이름도 기억한다. 김계행이었는데. 방학 때마다 상장을 얼마나 타왔는지. 서울서 대학교수 한다. 학교 일이 바쁜지 명절에도 잘 못 온다……. 자니, 문이 열리며 엄마가 고개를 내밀었다.

 "아니."
 "그동안 고생 많았어. 가게 뒷정리 홍 실장한테 맡겨놓고 왔으니 넌 이제 서울 가도 돼."
 나는 고개를 끄덕였다.
 "엄마."
 "응?"
 "……"
 "불러놓고 왜 말을 안 해."

"엄마는 알고 있었어?"

"뭘?"

"…… 아니야."

"싱겁긴. 얼른 자."

엄마는 이모와 거실에서 잘 거라며 이부자리와 베개를 챙겨 나갔다. 나는 불을 끄고 다시 벽에 기대앉았다. 무릎을 세우고 모시 이불을 턱밑까지 올려 덮었다. 검푸른 그림자가 방바닥에 길게 내려앉았다. 미세하게 흔들리는 그것을 가만히 바라보다 까슬까슬한 천에 얼굴을 묻었다. 열린 창 너머로 풀벌레 소리가 희미하게 들려왔다.

*

할머니는 넉 달 만에 퇴원을 하고 지난해 말, 일산 엄마 집으로 이사를 왔다. 문경 아파트 못 떠난다고 고집을 부렸지만 이번에는 엄마가 이겼다. 이제 할머니는 지팡이를 짚고 가까운 데는 혼자 산책도 다닌다. 지난봄에는 이모네 식구가 놀러와서 다 같이 호수공원에 꽃박람회를 보러 갔다. 할머니는 아무리 잘 꾸며놔도 문경 꽃만은 못하다며 박람회를 보는 내내 동우맨션 타령을 했다. 엄마는 내게 전화를 거는 횟수가 늘었다. 환갑 넘어 뒤늦게 친정엄마 시집살이를 한다고 우는 소리를 한다. 그건 할머니도 마찬가지다. 엄마가 인스턴트 음식만 좋아하고 살림이 영 엉망이라며 흉을 잡는다. 나는 대개 조용히 들으면서 맞장구를 쳐준다. 엄마와 할머니의 성격이 똑같다는 걸 그 둘만 모른다.

나는 운전면허 필기시험 문제집을 푸는 데에 새로운 취미를 붙였다. 문경을 떠나던 날, 용돈을 넣어두려고 등나무 수납장을 열었다가 구석에서 그걸 발견했다. 맨 앞의 두어 장을 빼곤 새것처럼 깨끗한 문제집을 퇴근 후 한두 장씩 들여다본다. 자동변속기의 오일 점검 방법이나 브레이크 경고등이 켜졌을 때 조치법을 고민하다보면 사나웠던 머릿속이 조금 가라앉는다. 공책이나 연필을 살 때는 꼭 두 개씩 사서 하나는 엄마 집에 놓고 온다. 마음에 드는 편지지도 그냥 지나치지 못하고 집어오게 된다. 그럴 때면 어김없이 윤 사장 생각이 난다. 우리 엄마 편지지가 얼마나 많은지 알아요, 했던 목소리와 바다 비린내 가득했던 포구의 밤공기도 함께 따라온다. 그녀와는 그날 이후로 문자메시지도, 전화도 주고받지 않았다. 연말에 안부 문자라도 보내볼까 했지만 막상 뭐라고 써야 할지 몰라 지워버리고 말았다. 그녀에게 받은 할머니의 편지는 아직 내 책상 서랍 속에 들어 있다. 언젠가 돌려드려야지 생각하지만 그게 언제가 될지는 모르겠다. 통영에서 돌아온 이후로 편지를 더이상 열어보지 않았다. 어쩐지 읽는 게 조금 두렵다.

그날 이후 할머니는 강정자 할머니에 대해 이야기를 꺼낸

적이 없다. 통영에 나를 보낼 때부터 할머니는 이미 모든 걸 알고 있었을 것이다. 병실에서 건넸던 그 초록색 편지의 행방이 가끔 궁금할 때가 있다. 그 안에 어떤 이야기가 담겨 있는지도. 그런 생각을 하다보면 고개를 숙인 채 편지지에 무언가를 써내려가는 윤 사장 언니의 뒷모습이 떠오른다. 그런데 이상하게 그녀가 편지를 쓰는 공간은 통영이 아니라 문경 아파트이다. 바깥 풍경이 보이지 않을 정도로 하얀 벚꽃 잎과 봄볕만 가득한 베란다 창문이 보이고 그녀는 거실 한가운데에 할머니의 작은 탁자를 펼쳐놓고 편지를 쓰고 있다. 이제는 없는 곳이고 일어날 수 없는 일이라는 걸 알면서도 그게 그렇게 좋아 보여서 나는 그 말도 안 되는 풍경을 바로잡고 싶지가 않다.

산책

아버지에게 전화가 온 건 아내와 통화를 막 마쳤을 무렵이었다. 별거한 지 반년이 넘도록 얼굴을 보지 못해 불안하던 차에 그녀가 걸어온 전화였고 생각보다 대화가 잘 풀려 마음이 놓였다. 각자 집에서 홀로 맥주를 마시고 있어 그랬던 것인지도 몰랐다. 주말에 드라이브라도 가자고 할까 망설이던 중 다시 전화벨이 울렸다. 휴대전화 화면에 뜬 세 글자가 낯설었다. 집안의 대소사를 알려오거나 안부를 묻는 건 늘 어머니의 몫이었다.

–내일 오후에 시간 좀 내야겠다.

아버지는 화성의 한 요양병원에 병문안을 가자고 했다. 외가 쪽 친척 어르신이 입원해 있다는 것이었다. 홍수남. 처음 듣는 이름이었다. 긴 설명을 듣고서야 그를 어렴풋이 기억해 냈지만 아버지의 갑작스러운 제안은 여전히 납득이 되지 않았다. 별로 가깝지도 않은 친척을 문병하느라 휴일을 쓰고 싶지 않았다. 가봐야 할 결혼식이 있다고 둘러댔지만 아버지는 평소답지 않게 강경했다. 꼭 그를 보러 가야 할 이유가 있느냐고 나는 아버지에게 조금 따지듯 물었다. 그리고 그가 나의 생부이며 50여 년 전 북한에 끌려갔다 돌아온 어부라는 대답을 들었다.

나의 부모님, 그러니까 나를 길러준 부모는 생모의 이종사촌 언니 부부다. 속초 출신인 생부는 납북 어부라는 낙인에 더해 반공법 위반이라는 죄목으로 2년 가까이 복역했다. 출소한 지 1년 만에 얻은 자식의 미래를 연좌제로 옭아맬 수는 없었다. 그들은 자녀를 갖지 못했던 서울의 내 부모에게 갓 백일이 지난 아이를 보냈다. 아버지가 대학을 나온 은행원이라는 것도 이유가 되었을 것이다. 그리고 자신들의 존재를 비밀에 부쳐달라고 부탁했다. 나를 낳아준 어머니는 내가 세 살 때 사고로 세상을 떴다. 나는 이 사실을 요양병원으로 가는 차 안에서 아버지에게 들었다. 모두 처음 듣는 이야기였다.

생부는 6인실에 있었다. 창가 쪽 침대가 그의 자리였다. 블라인드 사이로 번져나온 늦여름 햇살이 이불 위에 층층이 드리워졌다. 아버지의 손을 잡은 그의 표정은 어딘가 불안해 보였다. 습자지를 구겼다 편 것처럼 잔주름이 빼곡한 얼굴이 유난히 검었는데 그가 앓고 있다는 신장암 때문인지 평생 해온 뱃일 때문인지 알 수 없었다. 하얗게 센 머리카락마저 거의 다 빠져 두피가 훤히 보이는 초로의 노인이 나의 생부라는 것도, 그가 일흔다섯인 아버지보다 네 살 아래라는 것도 믿기 어려웠다. 그는 눈을 크게 뜨고 있었지만 시선이 어디로 향하는지 분명하지 않았다. 탁한 눈동자를 감싼 흰자위는 가늘고 붉은 핏줄이 성성했다.

"형님이 그렇다 하시니…… 정말 괜찮은 거겠지요?"

생부는 조심스럽게 입을 열었다. 영동 지방 특유의 억양이 밴 어수룩한 말투였다.

"그럼, 이 사람아. 세상이 얼마나 변했는데……"

아버지는 마른 고목의 옹이 같은 그의 손마디를 천천히 쓸어내렸다. 침대 발치에 멀찍이 서 있던 나는 면회 시간이 끝나갈 즈음에야 어머니의 강권으로 그의 곁에 다가갔다. 간이 침대에 앉아 공기 중에 감도는 희미한 냄새를 맡는 순간, 눈앞의 안개가 걷히는 듯했다.

중학교 입학을 앞둔 설날이었다. 춘천 외가에 도착하니 거실 구석에 앉아 있던 그가 나를 손짓해 불렀다. 그전에도 명절에 몇 번 본 적은 있었지만 그와 따로 이야기를 나눈 적은 없었다. 그런데 그날은 그가 내 손을 꽉 쥐며 이제 중학생이지, 하고 다정하게 말을 붙여왔다. 그가 다른 손으로 내 등을 두드리려는 순간 나는 흠칫 몸을 뒤로 빼고 말았다. 그의 몸 전체에서 풍기는 짜고 비린 냄새 때문이었다. 언젠가 어머니를 따라 노량진수산시장에 갔을 때 맡았던 그 냄새는 그의 날숨에 섞인 알코올과 합쳐져 더 역하게 느껴졌다. 그는 살짝 당황한 것처럼 보였지만 이내 손을 거두고 품안에서 두툼한 봉투 하나를 꺼냈다. 저 낡고 시커먼 점퍼 안에서 나온 것이 맞나 싶을 정도로 구김 하나 없이 깨끗한 봉투였다. 교복 좋은 걸로 맞춰 입어라. 그는 내 손을 끌어다 그것을 쥐여주었다. 이미 샀는데요……. 지난주에 할아버지가 사주셨어요. 그와 나의 대화는 그걸로 끝이었다. 그때 이후로는 그에 대한 기억이 없었다. 고등학교 때는 공부한다는 이유로, 대학 입학 이후엔 여행이나 취업 준비를 핑계로 명절에 외가 방문을 빼먹는 일이 잦았다.

그날 밤, 나는 앞으로 매주 토요일마다 요양병원을 찾아가기로 마음먹었다. 친아버지에 대한 본능적인 끌림이나 애정 같은 게 생겨서가 아니었다. 돌이켜 생각하면 그때 내 마음은 연민에 가까웠고 그건 생부와 나 사이에 분명한 경계를 긋는 감정이었다. 연민은 나와 당신의 세계가 서로 다른 곳에 놓여 있을 때에만 품을 수 있는 것이니까. 그를 찾아가지 않은 것에 대한 죄책감이 뒤늦게 몰려올까 두렵기도 했다. 생부에게 주어진 시간은 짧았다. 그는 마약성진통제로 매일 하루치의 고통을 묽게 만들고 있었다. 나는 석 달을 다녀본 뒤 다시 일정을 조정하기로 마음먹었다. 하지만 이후의 계획을 세워야 하는 상황은 오지 않았다. 첫 방문 이후 생부를 일곱 번 더 만났고 대부분 그와 단둘이 시간을 보냈다. 한 번의 예외가 있긴 했다. 그와 함께 서울로 짧은 외출을 한 날이었다.

*

생부가 입원해 있던 요양병원은 화성 시내에서 차로 30분 정도 달려야 하는 외곽에 있었다. 주변에 철강공장과 차량 부품 공장 등이 있어 삭막한 인상을 주는 동네였다. 하지만 디귿자 모양의 건물 내부는 꽤 아늑한 느낌을 주었고 뒤편에는 산책하기 좋은 연못도 있었다. 생부는 기초생활수급자여서 그곳에 무료로 머물고 있다고 했다. 처음으로 혼자 요양병원을 방문한 날, 침대맡에 앉은 내게 생부는 불편한 기색을 내비쳤다.

"이렇게 자주 안 와도 됩니다. 젊은 사람 바쁜데 귀찮게 할 생각 없어요."

그는 초점 없는 눈으로 허공을 보며 말했다. 토요일마다 회사 일로 화성에 오는 김에 들르는 것뿐이라고, 일부러 찾아올 생각은 없다고 하자 굳은 얼굴이 그제야 조금 펴졌다. 내친김에 나는 그에게 미안하다는 말은 듣고 싶지 않다고 다소 냉정한 투로 선을 그었다. 연유가 어떻든 부족함 없이 자라왔고 지금도 충분히 행복하다고 말했다. 감당할 수 없는 어떤 것을 마주하게 될까 두려워 미리 방어막을 세운 거라는 걸 이제는 안다. 나는 그를 아버님, 이라고 부르긴 했지만 어르신을 부를 때 쓰는 일반적인 호칭 이상의 의미를 두지 않았다. 그는 내게 한동안 존대를 했다. 말씀을 낮춰달라고 몇 번이나 부탁한 뒤에야 생부는 말을 놓았다. 처음에는 나를 부를 때 호칭도 쓰지 않다가 회사에서의 직책을 안 뒤로는 박 과장, 하고 불렀다.

내가 궁금했던 건 생부의 지난 삶이었다. 몇 개의 문장으로만 알고 있는 그의 생애를 제대로 듣고 싶었다. 하지만 그는 선뜻 이야기하려고 하지 않았다. 나는 어쩔 수 없이 소개팅 자리에 나온 사람처럼 두서없이 내 이야기를 꺼내놓았다. 대학에선 경영학을 전공했고 운 좋게 졸업과 함께 증권회사에 취업을 했다고, 군 제대 후에는 아버지 친구가 교수로 있는 미국 대학에 어학연수도 다녀왔다고 말했다. 그는 별다른 반응 없이 잠자코 내 말에 귀를 기울였지만 한마디 한마디 허투루 넘겨듣지 않는다는 것을 느낄 수 있었다. 결혼한 지 5년이 됐다고 하자 생부는 내게 아이가 있느냐고 물었다. 세 번째 방문 만에 처음으로 받은 질문이었다. 둘 다 직장생활을 하느라 바빠서 아직 계획이 없다고 나는 말했다. 별거중이라는 이야기는 하지 않았다. 실은 부모에게도 알리지 않은 터였다. 어쩌다 따로 살게 되었는지 딱 부러지게 설명할 수 없다는 이유가 컸다. 그녀와 나 모두 고집이 있는 편이었지만 딱히 다툼이 잦지는 않았다. 신혼 때부터 싸웠다면 별거까지 가지 않았을지 모른다는 생각을 그즈음 하긴 했지만 그 또한 가정일 뿐이었다. 아내와 한번 같이 오겠다고 하자 생부는 강경한 목소리로 거절했다. 그의 반응을 확신했기에 꺼낸 말이었다. 나는 그때 아내에게 생부에 대해 털어놓을 마음이 전혀 없었다. 그날은 늦장마처럼 비가 많이 내렸다. 창 너머 빗줄기를 살피며 돌아갈 채비를 하는 내게 그가 지나가는 투로 말했다.

"요새는 컴퓨터로 사람도 찾을 수 있다던데······"

"네, 뭐······ 전부 다 되는 건 아니고요. 궁금한 분이라도 있으세요?"

생부는 잠시 망설이다 서랍 안에서 작은 수첩을 꺼냈다. 맨 뒤에 있는 주소록을 펼치더니 여러 이름 가운데 하나를 가리켰다. 장영길. 속초시 중앙동 25-1. 전화번호는 없었다.

"고향 친군데, 이게 30년도 더 된 주소라서."

나는 주소를 메모한 뒤 한번 알아보겠다고 했다. 연락이 닿으면 만나보고 싶은 거냐는 물음에 그는 아무 말도 하지 않았다.

집에 돌아가 나는 생부가 알려준 주소를 검색했다. 그곳은 '지인당'이라는 이름의 도장가게였다. 방문 후기를 올려둔 블로그를 클릭했다. 예스러워 보이는 간판과 달리 내부는 모던

하고 깔끔했다. 앞치마를 두른 단발머리 여성이 작업대에 앉아 도장을 파는 사진도 올라와 있었다. 나는 지인당의 전화번호를 휴대전화에 저장했다.

*

 생부와 서울에 가기로 한 날은 10월의 두번째 일요일이었다. 서너 시간 정도의 외출은 가능하다고 담당간호사가 말했지만 혹여나 그새 몸 상태가 나빠지지 않을까 신경이 쓰였다. 다행히 시간은 별 탈 없이 흘렀다. 점심 무렵 요양병원 로비에 들어서자 낯익은 중년의 안내원이 나를 반겼다. 지금 식사시간이라, 조금만 기다리세요. 외출신청서를 작성해 건네자 그녀는 빙긋이 웃으며 캔커피 하나를 내밀었다. 토요일마다 꼬박꼬박 나타나는 나에 대해 상당히 궁금해하는 눈치였다. 면회 오는 이가 하나도 없던 그에게 조카라는 사람이 어느 날부터 찾아오기 시작했으니 그럴 만도 했다. 생부와 나의 성이 다른 걸 보고 외가 쪽 친척이라고 추측을 했는지 외삼촌과 참 애틋한 사이인가 보네요, 라고 은근히 떠보기도 했다.
 휠체어를 타고 로비로 나온 생부는 평소보다 훨씬 초라하고 궁색해 보였다. 표정은 나쁘지 않았지만 옷이 문제였다. 얇아 보이는 자주색 점퍼는 손목 부분이 헤졌고 갈색 코르덴 바지는 무릎이 닳아 반들반들했다. 늘 환자복을 입은 모습만

봐왔던 터라 미처 생각하지 못한 부분이었다. 하지만 이제와 새옷을 사서 갈아입힐 수는 없는 노릇이었다. 간병인은 주차장까지 따라와 생부의 휠체어를 밀어주었다. 어르신, 서울 구경 잘하고 오세요. 그녀는 생부와 눈을 맞춘 뒤 내게 비상용 진통제와 소지품이 담긴 쇼핑백을 건넸다. 나는 그를 조수석에 앉힌 뒤 뒷좌석에서 갈색 구두를 꺼내왔다. 혹시 신을 일이 생길까 싶어 차에 두고 다니던 것이었다. 군데군데 실밥이 터진 흰색 운동화를 그의 발에서 벗겨내고 구두를 신겼다. 조금 큰 듯했지만 작아서 발이 끼는 것보단 나았다.

"어차피 많이 걷진 않으실 테니…… 혹시 불편하면 말씀해주세요."

생부는 이런 걸 신어도 되나, 하며 쑥스러워했다.

도로 사정이 괜찮다면 여의도까지는 한 시간 남짓 걸릴 터였다. 라디오를 켜고 클래식 채널에 주파수를 맞췄다. 진중하고 느린 첼로 선율이 흘러나왔다. 말없이 창밖을 바라보던 생부는 얼마 되지 않아 차창에 머리를 기대고 잠에 빠졌다. 정지신호에 멈춰 서서 나는 휴대전화를 확인했다. 오늘 아침 속초에서 버스를 탔다는 장선아 씨의 메시지 외에 새로운 알림은 없었다.

장영길 씨의 소재를 찾는 건 어렵지 않았다. 생부가 알려준 주소, 즉 지인당은 그가 운영했던 가게였다. 4년 전 그가 세상을 뜬 뒤에는 맏딸인 선아 씨가 물려받았다. 처음 전화를 걸었을 때는 당연하게도 그녀에게서 아무 말도 듣지 못했다. 내 소개를 하고 연락처를 남긴 지 사흘 만에 전화가 걸려왔다. 선아 씨는 내게 물었다. 홍수남 어르신이 저라도 만나고 싶어 하시는 건가요. 그 주 토요일, 나는 생부에게 그녀의 이야기를 전했다. 장영길 씨의 사망 소식에 충격을 받지 않을까 걱정했지만 그런 것 같지는 않았다. 아니, 이야기를 전하는 내내 나는 그의 표정을 제대로 짚어낼 수 없었다. 일그러뜨린 입매가 웃는 건지, 우는 건지 가늠이 되지 않았다. 생부가 지난 삶에 대해 말하기 시작한 건 그날부터였다. 기억은 고르지 못했고 이야기의 순서도 뒤죽박죽이었지만 나는 그가 말문을 열었다는 것이 고마웠다.

그가 속초항에서 오징어잡이 배인 만정호에 오른 것은 1974년, 고등학교 마지막 여름방학을 보낼 때였다. 스무 명 남짓의 선원 중 그가 가장 나이가 어렸다. 오징어가 예상 밖으로 너무 잘 잡혀 1주일을 계획했던 조업은 나흘 만에 끝나버렸다. 보관창고가 다 차서 갑판 위에 되는대로 오징어를 부려놓을 정도였다. 만정호는 대진항으로 뱃머리를 돌렸으나 그날 밤, 바다 날씨가 갑자기 험해졌다. 선장은 무리하게 항해하지 않고 바다 위에 머물며 날이 밝기를 기다렸다. 하지만 아침이 오기 전, 만정호는 북한 경비정에 나포돼 북으로 끌려갔다. 선원들 모두는 일곱 달 만에 무사히 남쪽으로 돌아왔지만 생부의 삶은 이전으로 돌아가지 못했다. 어디를 가든 군과 경찰의 눈이 그를 따라다녔다. 이웃 중에 자신의 동향을 파악하는 정보원이 있다는 걸 모르는 체해야 했다. 뱃일에서 벗어나고 싶은 마음에 원주로 가 전기설비 기술을 배워보기도 했지만 형사들은 그곳에서도 그의 일터를 수시로 들락거렸다. 결국 그는 20대 중반에 속초로 돌아와 다시 배를 타기 시작했다. 그즈음 사촌형의 소개로 건어물공장에서 일하는 아가씨를 만났다. 두 사람 모두 형편이 좋지 않았던 터라 일단 혼인신고를 하고 살림을 합쳤다. 1년 뒤에는 식을 올려주겠노라고 그는 아내에게 약속했다.

그날은 결혼식을 이틀 앞둔 날이었다. 갑작스러운 태풍 때문에 예정대로 배가 뜨지 못했다. 점심을 먹은 뒤 안방에서 설핏 잠이 들었는데 어디선가 여러 사람의 발소리가 들려왔다. 차갑고 뾰족한 것이 목을 찌르는 느낌에 그는 눈을 떴다. 검정색 점퍼를 입은 덩치 큰 사내가 목에 총구를 박은 채 그를 노려보고 있었다. 사내를 둘러싼 남자들은 모두 검은 옷에 모자를 쓰고 있어 누가 누구인지 분간이 되지 않았다. 그들 가운데 한 명이 다가와 이불을 덮은 그의 가슴께를 구둣발로 지그시 눌렀다.

그후의 기억들은 단편적인 조각들뿐이라고 했다. 얼굴을 덮은 젖은 수건의 감촉이나 수도꼭지에서 물방울이 똑똑 떨어지던 소리, 눈이 멀 것처럼 쨍하던 형광등 불빛이 가끔 그를 섬광처럼 덮쳤지만 장면들을 이어붙이기엔 구멍이 많았다.

복역과 출소, 아이와 아내를 차례로 떠나보낸 시간에 대해서도 그는 자세히 말하지 않았다. 혼자가 된 이후 처음으로 간 곳은 군산이었다. 그는 서해의 작은 항구들을 돌아다니며 뱃일을 했고 한곳에 1년 이상 머무르지 않았다. 친구를 사귀는 일도 되도록 피했다. 다시는 속초로 돌아가지 않았다.

지난 이야기를 하는 동안 그의 얼굴에 드리운 표정은 이상할 만큼 고요했다. 어조 또한 타인의 인생사를 전하는 것처럼 담담했다. 미움이나 억울함 같은 감정은 모두 휘발된 것처럼 보였다. 어느 토요일 저녁, 나는 당신의 인생을 망친 이들이 원망스럽지 않으냐고 그에게 물었다. 한동안 말없이 창밖을 바라보다 그는 입을 열었다.

"그런 생각은 가끔 하지. 만약 그때 오징어가 좀 덜 잡혔다면 어찌되었을까."

차는 서해안고속도로를 빠져나와 서부간선도로로 접어들었다. 고개를 푹 숙이고 있던 생부가 놀란 듯 몸을 움찔거리며 눈을 떴다. 그는 탁한 눈으로 주위를 두리번거렸다.

"좀더 주무세요. 도착하면 깨워드릴게요."

나는 라디오의 볼륨을 조금 낮추었다. 내가 다니는 회사에 누군가를 데려가는 건 처음이었다. 생부는 내 직장에 대해 꽤 관심을 보였다. 구체적인 업무보다는 회사의 규모나 연봉, 처우 같은 것을 궁금해했다. 요즘은 40대 후반만 돼도 회사에서 나가라고 한다던데, 하며 걱정스러운 투로 물어온 적도 있었다. 그러지 말고 한번 구경 가보실래요. 나는 그에게 제안했다. 차로 한 시간밖에 안 걸려요. 바람도 쐬고, 그 김에 장영길 어르신 따님도 한번 만나보시고요. 생부는 머뭇거리며 대답을 피했지만 나는 그가 그 만남을 원한다는 것을 알았다.

*

휴일의 여의도는 한산했다. 늘 만차인 회사 건물의 지하 주차장도 텅 비어 있었다. 나는 휠체어에 생부를 태우고 1층으로 가는 엘리베이터를 탔다. 문 입구마다 사원증을 찍는 것을 생부는 신기한 눈으로 쳐다보았다. 로비로 올라가자 낯익은 경비원이 내게 가볍게 목례를 했다. 나는 로비 한편에 세워져 있는 회사의 로고를 생부에게 보여주고 층별 안내도에서 내가 일하는 사무실의 위치를 짚어주었다. 그는 안내데스크 옆에 설치된 개찰구를 가리키며 아까 본 네모난 카드가 있어야 들어갈 수 있는 거냐고 내게 물었다. 그렇다고 하자 그는 옅은 미소를 지었다. 그의 얼굴에서 어떤 뿌듯함 같은 것을 발견한 건 처음이었다. 로비와 연결된 카페에서 경쾌한 음악소리가 흘러나왔다.
"따뜻한 거 한잔 드실래요? 저기 차, 괜찮아요."
나는 카페로 가보자고 그에게 말했다. 그는 조금 긴장한 것처럼 보였으나 별다른 말을 하지 않았다. 그를 창가 테이블에 앉혀두고 나는 주문을 하러 카운터로 갔다. 한 시간 뒤 장선아 씨를 이곳에서 만나기로 되어 있었다. 만남에 적극적이었던 건 오히려 그녀 쪽이었다. 생부의 건강이 좋지 않아 먼 거리 이동이 어렵다고 하자 그녀는 10월에 후배 결혼식 때문에 서울 갈 일이 있다고 했다. 그때까지 생부는 장영길 씨에 대해 별다른 이야기를 하지 않았다. 한동네에서 자라고 배도 같이 탔던 고향 친구라고만 내게 말했었다. 함께 만정호에 탔었느냐고 묻자 그건 아니라고 했다. 출항 며칠 전에 다리를 다치는 바람에 장영길 씨는 배에 오르지 못했다. 선아 씨와의 약속이 확정된 뒤에야 생부는 그 이후의 이야기를 털어놓았다. 검은 점퍼의 사내들에게 붙잡혀 낯선 곳에 끌려갔을 때 그들은 생부에게 친구의 이름이 적힌 진술서를 들이밀었다. 진술서에는 그가 어떤 말로 북을 찬양했고 친구를 북한으로 끌고 가기 위해 어떤 식으로 회유를 했는지 빼곡히 적혀 있었다. 진술서를 보는 순간 생부는 속으로 빌었다. 영길이 부디 힘겹게 버티지 않았기를. 그저 그 사람들이 원하는 대로 순순히 다 받아쓰고 무사히 풀려났기를. 그에게는 10년에 가까운 경험이 있었다. 그들이 이렇게 판을 짜놓은 이상 상황을 뒤집기 어렵다는 것을 생부는 예감했다.

"이북에 끌려가서 가족 사항 조사를 받을 때 정신이 어떻게 됐는지 우리 어머니 대신 영길이 모친 이름을 댔거든. 속초로 돌아왔을 때 우리 쪽 조사관이 묻더라고. 그런 일이 있었느냐고."

생부는 친구가 붙잡혀가서 진술서까지 쓰게 된 데에 그때의 일이 영향을 미쳤을 거라고 믿는 것 같았다. 출소한 뒤에 장영길 씨의 소식을 들은 게 있느냐고 묻자 무슨 면목이 있어서, 라며 그는 고개를 저었다.

카페는 휴일 도심공원 나들이를 온 듯한 캐주얼한 차림의 사람들로 북적였다. 음료를 받아 자리로 돌아가니 생부의 낯빛이 좀전과 달라보였다. 눈동자가 이리저리 흔들리고 얼굴에는 불안해하는 기색이 짙었다. 식은땀이 맺힌 그의 이마를 보고 혹시 통증이 심해진 거냐고 물었다. 그는 아니라고 하며 겨우 입을 열었다.

"오랜만에 사람 많은 데 나오니…… 좀 그래서."

그제야 아버지가 했던 말이 떠올랐다. 늘 감시를 당하고 산 터라 생부는 낯선 사람이 많은 장소를 두려워한다고 했다. 그를 만나는 곳은 외갓집으로 정해져 있었고 연락처는커녕 집주소조차 알지 못했다. 아버지는 내가 대학에 입학한 뒤부터 생부에게 나를 만나볼 것을 권했지만 그때마다 늘 같은 대답을 들었다. 형님은 세상을 몰라서 그래요. 얼마나 무서운 덴지 겪어보지 않으면 모릅니다. 출소 이후 생부에겐 한번도 전화번호가 없었다. 도청당할지 모른다며 나의 부모에게도 늘 공중전화로 연락을 했다. 요양병원에서 생부의 연락을 받았을 때는 이미 병이 깊을 대로 깊어진 상태였다고 아버지는 변명조로 말했다. 그 이야기를 들으면서 나는 볕 잘 드는 창가에 놓인 그의 침대를 떠올렸다. 어딜 가든 벗어날 수 없다는 것을 알았으므로 그는 어쩌면 가장 작고 안전한 감옥을 찾아 기어든 건지도 몰랐다.

"근처에 공원이 있는데 그리로 가실래요? 한적하고 바람 쐬기에도 좋을 거예요."

생부는 내 말에 반색을 했다. 나는 카페 대신 여의도공원에서 보자고 선아 씨에게 문자메시지를 보냈다. 그녀는 막 결혼식이 끝났다며 30분 내로 도착할 거라고 했다. 휠체어를 끌고 밖으로 나왔다. 긴 횡단보도 하나만 건너면 공원이었다.

*

날이 흐려서인지 공원에는 사람이 많지 않았다. 점심 때 커피를 들고 자주 산책하는 곳으로 생부를 데려갔다. 깊은 산속처럼 키가 크고 나이가 많은 나무들이 모여 있는 길이었다. 아무도 앉지 않은 벤치 위에는 노랗게 물든 잎사귀들이 어지럽게 내려앉아 있었다. 그는 말이 없었다. 침묵이 어색해 무슨 말이라도 꺼내고 싶었지만 적당한 화제가 떠오르지 않았다. 간간이 삐걱대는 휠체어 바퀴의 마찰음이 유독 크게 들렸다.

"좀, 걸어봐도 될까? 내내 앉아 있었더니 답답하기도 하고."

그는 내 쪽으로 고개를 돌리며 물었다. 휠체어에서 일어설 때는 내가 그의 팔을 부축했지만, 걷는 건 혼자 할 수 있다며 그는 내 손을 슬며시 뿌리쳤다. 나는 빈 휠체어를 밀며 생부보다 두 걸음 정도 뒤처져 걸었다. 한 발 한 발 내딛는 걸음이 조금 불안정해 보였지만 나는 조용히 뒤를 따랐다. 그는 몇 걸음 걷다 말고 나무들 곁에 자주 멈추어 섰다. 풀밭 위를 유심히 살피며 단풍잎을 하나씩 주웠다. 모양이나 빛깔이 다른 것들을 고르느라 그가 걸음을 멈추는 시간은 점점 길어졌다.

-공원 앞 버스 정류장에 도착했어요. 어디세요.

선아 씨의 문자였다. 나는 생부를 휠체어에 태워 광장 끝 벚나무 아래에 데려다놓고 정류장으로 그녀를 마중나갔다. 베이지색 원피스에 트렌치코트를 입은 선아 씨는 나보다 두어 살 위로 보였다. 그녀는 혼자가 아니었다. 네 살 정도 되었을까. 머리를 양 갈래로 땋은 여자아이가 새초롬한 표정으로 선아 씨의 코트 자락을 붙들고 있었다. 오늘따라 애가 떨어지려고 하질 않아서요. 선아 씨는 민망한 듯 살짝 웃어보였다. 공원 안으로 들어서자 아이는 신이 난 듯 제 엄마를 앞질러 광장으로 뛰어갔다. 스케이트보드를 타는 사람들 너머로 생부의 휠체어가 보였다.

"장영길 어르신 큰 따님이세요."

태극기 게양대 쪽을 건너다보고 있던 생부는 내 말에 고개를 돌렸다. 선아 씨는 딸아이와 함께 허리를 굽혀 그에게 인사를 했다. 아이를 보는 생부의 눈에 살짝 생기가 비쳤다. 이름이 뭐냐고 생부가 묻자 아이는 김윤서, 라고 말하며 손가락 네 개를 펼쳐 보였다. 자리를 비켜드릴까요, 라고 묻자 두 사람은 모두 괜찮다고 했다. 나는 생부와 가장 가까운 쪽 벤치에 선아 씨를 앉혔다.

"나랑 밥상 만들자요."

그들과 멀찍이 거리를 두고 앉은 내게 아이가 다가와 바짓자락을 잡아당겼다. 흰 원피스 소매를 걷지도 않고 아이는 두 손바닥 가득 모래를 묻혔다. 나뭇가지로 흙바닥에 동그라미를 하나 그리더니 이 안에 음식을 차리면 된다고 했다. 아이를 따라 돌멩이를 모으고 낙엽을 주우면서도 등뒤의 두 사람에게 신경이 쓰였다. 주로 이야기를 하는 쪽은 선아 씨였다. 그녀는 서울에서 살다 10여 년 전 속초로 돌아와 가업을 잇게 된 것과 그녀의 아버지가 뇌출혈로 갑작스레 세상을 떴을 때의 일을 담담히 풀어놓았다. 생부의 목소리는 거의 들리지 않았다.

"⋯⋯ 술만 드시면 그 얘기를 하셨어요. 나도 배 안 탈란다 했을 때 그러자고, 다리 낫고 같이 타자 했으면 됐을 것을 그때 왜⋯⋯"

아이가 내 손을 갑자기 끌어당겼다. 아저씨 뭐해, 아저씨 접시만 다 비었잖아. 나는 아이가 선심 쓰듯 빌려준 솔방울

하나를 납작한 돌 위에 올려놓았다. 그새 동그라미 안은 색색의 나뭇잎과 돌멩이, 마른 가지들로 가득차 있었다. 아이는 내가 한눈을 팔지 못하도록 솔방울을 더 주워오라거나 뾰족한 잎사귀가 더 필요하다며 잔심부름을 시켰다. 두 사람 사이에 오가는 말에 집중하기 어려웠다. 그들의 목소리가 귓가에 맺히기도 전에 공기 중에 흩어졌다.

"엄마, 나 쉬 마려."

전나무 이파리를 나란히 늘어놓던 아이가 벌떡 일어나 제 엄마 품에 안겼다. 선아 씨는 가방에서 물수건을 꺼내 아이의 흙 묻은 손을 닦았다. 모녀가 화장실에 간 사이 생부는 얕게 기침을 했다. 나는 재킷을 벗어 그의 어깨에 둘러주었다. 몸도 안 좋으신데 시간을 너무 많이 빼앗았네요. 돌아갈 채비를 하며 선아 씨는 핸드백에서 누렇게 바랜 편지 봉투 하나를 꺼냈다. 생부의 손에 쥐여주며 그녀는 말했다.

"너무 늦었지만, 그래도 전해드리는 게 맞는 것 같아서요."

생부는 고맙소, 라고 짧게 대답했다. 그게 뭔지 물어보지도, 봉투를 열어보려고 하지도 않았다. 그는 선아 씨의 얼굴을 지그시 바라보다 입을 떼었다.

"어릴 때 얼굴이 남아 있네요."

"저를…… 보셨어요?"

"돌잔치에도 갔는걸요. 그때 연필을 집었었지, 아마."

생부는 그날 우럭을 넣고 끓인 미역국이 정말 맛있었다고,

모친께도 안부 전해달라고 말했다. 윤서라고 했지, 라며 잎사귀 하나를 아이에게 건넸다. 자줏빛과 푸른빛이 섞인 작은 단풍잎이었다. 광장을 가로질러 걸어가는 그녀의 뒷모습은 홀가분해 보였다. 나는 아이가 동그라미 안에 차려놓은 돌과 나뭇잎, 솔방울들을 모아 벤치 한편에 가지런히 정리했다.

*

  화성으로 돌아가는 길은 상당히 막혔다. 라디오에서는 수도권 고속도로 전 구간이 정체라는 말이 반복해서 흘러나왔다. 생부는 차에 올라탄 지 얼마 되지 않아 꾸벅꾸벅 졸기 시작했다. 오랜만의 외출에 많이 피로했을 것이다. 아내에게서 두 번 전화가 왔지만 받지 않았다. 보름 앞으로 다가온 장모의 칠순 모임 때문에 연락을 했을 것이었다. 서울을 빠져나오기 전부터 시작된 브레이크등의 행렬은 좀체 줄어들 기미가 보이지 않았다. 길 한가운데에 멈춰 선 채 나는 먼 하늘에서부터 점점 번져오는 노을의 기세를 살폈다. 바다 날씨는 알 수가 없어. 그날 하늘이 얼마나 붉었는데. 북에 끌려가기 전날, 만정호에서 본 노을이 그렇게 예뻤다고 생부는 말했었다. 바람이 꽤 불긴 했지만 날이 저문 후에 파도가 그렇게 드세질 줄은 몰랐다고. 저녁빛을 고스란히 맞으며 갑판 위에 서 있는 열여덟 소년의 모습이 눈앞에 환영처럼 피어올랐다 사라졌다. 소년의 표정을 가늠해보고 싶었지만 잘 떠오르지 않았다. 나는 옆자리의 그를 흘끔 보았다. 제 깃털 속에 부리를 파묻고 눈을 감은 새처럼 그는 몸을 한껏 웅크린 채 잠들어 있었다. 어깨 밑으로 흘러내린 재킷을 다시 고쳐 덮어준 뒤 히터 온도를 조금 높였다.

 서해안고속도로를 빠져나오자 날은 완전히 저물었다. 공장 지대를 지나면서 도로는 한산함을 되찾았다. 삼거리의 붉은 신호등 앞에 멈춰 서 있는데 툭, 하고 무언가가 떨어지는 소리가 들렸다. 선아 씨가 준 봉투와 생부가 주워온 낙엽 몇 개가 조수석 바닥에 흩어져 있었다. 규칙적으로 몰아쉬는, 힘겨운 숨소리가 곁에서 들려왔다. 그가 내 목소리를 듣지 못하도록 라디오의 볼륨을 높였다.

 "저는요……? 저는 아기 때 어땠어요?"

 궁금했다. 잠투정이 심하지는 않았는지, 둘 중 누구를 더 많이 닮았었는지, 뒤집기는 빨랐는지, 백일 때는 무얼 했는지, 당신은 나를 많이 안아주었는지, 나를 서울에 맡기러 간 날은 어땠는지…… 그리고 그런 것들을 지금도 기억하고 있는지. 그 막막함 속에서도 내가 태어나서 기뻤는지, 혹시 내가 세상에 나온 것이 당신의 삶에 너무 큰 짐이 된 건 아닌지도. 하지만 물어볼 수 없었다. 물어서는 안 된다고 생각했다. 그때의 나는 그랬다.

 요양원에 도착한 뒤에야 생부는 곤한 잠에서 깨어났다. 저녁 배식 끝나기 전에 오셔서 다행이에요. 간병인은 로비에서 우리를 반겼다. 오랜만의 외출 때문인지 그는 많이 지쳐 보였다. 깊은 밤, 오피스텔 주차장에 차를 세우고 나서야 나는 뒷좌석에 둔 생부의 운동화를 발견했다. 집까지 가져갔다가 괜히 돌려주는 걸 잊어버릴까봐 그대로 두고 자동차 문을 잠갔다.

  사흘 뒤 아침, 출근 준비를 하던 중 나는 휴대전화에서 선아 씨의 문자메시지를 발견했다. 새벽에 보내온 것이었다.

  ―아버지가 진술서에 도장을 찍은 건 저 때문입니다. 당시 두 돌이었던 제 사진을 형사가 들이밀었다고 했습니다. 제 이름과 주민등록번호, 혈액형까지 알고 있더랍니다. 직접 말씀드리려고 마음 단단히 먹고 갔는데, 결국 하지 못했습니다. 정말 미안합니다. 어르신께 죄송하다는 말씀을 대신 전해주시면 감사하겠습니다.

  무어라 답해야 할지 몰랐다. 나는 그녀의 메시지 아래에 단어들을 썼다 지우기를 반복했다. 결국 아무것도 쓰지 못한 채 문자메시지 창을 닫았다. 출근하자마자 시작된 회의는 점심시간이 지나서까지 이어졌다. 퇴근 시간을 한참 넘겨 건물 지하로 내려가니 주차장은 벌써 절반 이상이 비어 있었다. 나는 어두운 운전석에 앉아 휴대전화를 열었다. 선아 씨의 메시지를 다시 한번 꼼꼼히 읽었다. 빈 메시지 창에 깜빡이는 커서를 노려보고 있는데 전화가 걸려왔다. 아버지였다. 짧은 통화를 마치고 나는 다시 선아 씨의 메시지와 마주했다. 통화 버튼을 눌렀다. 여보세요, 소리가 들리는데도 성대가 꽉 막힌 것처럼 목소리를 낼 수 없었다. 그녀는 내 침묵을 견뎌주었다.

*

생부가 마지막으로 다녔던 교회의 사람들은 친절하고 정이 많았다. 나는 그가 교회에 나갔다는 사실을 화성 전곡항 근처의 장례식장에서 처음 알았다. 부모님과 선아 씨 말고는 찾아온 이가 없었지만 그들은 순번대로 성실하게 빈소를 지켰다. 이틀장이어서 회사에는 하루만 휴가를 냈다. 그곳에서 내가 할일은 딱히 없었다. 때가 되면 함께 기도를 했고 때가 되면 그들 사이에서 밥을 먹었다. 하지만 생부로부터 장례를 위임받은 목사 외에 그를 잘 아는 이는 없는 것 같았다. 주말에는 요양병원에 가서 생부의 유품을 챙겨왔다. 그의 옷은 모두 소각처리해달라고 부탁했다. 쇼핑백에 담긴 물건 중 내 구두가 가장 큰 부피를 차지했다. 집으로 돌아와 나는 생부의 수첩을 들추어보았다. 맥락을 알 수 없는 메모와 숫자들이 듬성듬성 적혀 있었고 마지막 장에는 옛 디자인의 만 원권 지폐 한 장이 끼워져 있었다. 은행에서 막 찾은 것처럼 구김 없이 빳빳했다.

아내와는 최근 들어 연락이 잦아진 편이다. 주말에는 함께 식사를 하거나 영화를 볼 때도 있다. 연말에는 그녀와 휴가를 맞춰 제주로 짧은 여행을 다녀올 계획이다. 우리가 멀어지고 따로 살게 된 것에 뚜렷한 이유가 없었던 것처럼 이만큼 다시 가까워진 데에도 특별한 계기가 있었던 건 아니었다. 아직 생부에 대해서는 그녀에게 말하지 못했다. 그에 대한 이야기를 품고 다닌 지 오래되었으나 어떻게 말을 꺼내는 것이 좋을지 몰라 망설이는 중이다. 내 차 뒷좌석에 있는 흰 운동화 또한 마찬가지다. 그걸 싣고 다닌 지 두 달이 가까워온다. 차를 세우고 집에 들어갈 때마다 뒷좌석을 한번씩 열어보지만 물끄러미 쳐다보다 그냥 문을 닫고 만다.

나는 그날 생부가 내 물음을 듣지 못했을 거라고 믿는다. 자는 척이 아니라, 정말 혼곤한 잠에 빠져 있었던 거라고. 다만 화성으로 돌아가는 차 안에서 그가 뒤척이며 잠꼬대처럼 내뱉었던 희미한 말들을 가끔 곱씹는다. 아비라는 사람이…… 신세를…… 안 되는데……. 말과 말 사이의 공백에 이런저런 단어를 넣어보다 그런 생각에 빠지곤 한다. 미안하다는 말들은 다 어디로 가나. 물어보지 못한 질문과 듣지 못한 대답은 어디로 가야 만날 수 있나. 그런 마음이 드는 밤이면 나는 집 앞으로 산책을 나간다. 어두운 주택가를 지나고 조그만 공원을 가로지르면 식당과 술집이 모여 있는 번화한 거리로 접어든다. 어지러운 불빛과 소음이 엉킨 상점들을 스쳐지나다 작은 횟집 앞에 멈추어 선다. 푸른 수조의 밑바닥에 엎드려 움직이지 않는 흙빛의 물고기를 가만히 지켜본다. 그곳에서 풍겨나오는 비릿한 냄새를 맡으며 내 등에 가닿지 못하고 허공에 멈춰버렸던, 한때는 검고 두툼했으나 한없이 마르고 앙상해지고 만 손을 떠올린다. 그날 공원 산책로에서 뒷짐진 그의 두 손 사이에서 피어난, 걸음을 옮길 때마다 가볍게 흔들리던 붉고 노란 잎사귀들을 본다.

* 이 소설을 쓰며 1971년 동해에서 피랍되었던 승해호의 납북 어부 김성학, 김춘삼 님과 『동해안 납북어부의 삶과 진실』(엄경선·장재환, 설악신문사, 2008)의 도움을 받았습니다.

이터널 선샤인*

* 미셸 공드리 감독의 영화 〈이터널 선샤인〉(2004)에서 제목을 차용하였습니다.

안향숙 교수의 초대 메일을 보았을 때만 해도 나는 그녀가 오랜만에 홈파티를 열려나보다, 하고 짐작했다. 천성이 사교적인데다 지인들에게 직접 만든 요리를 대접하는 걸 좋아했던 안 교수는 이런저런 구실을 만들어 사람들을 집으로 자주 초대했다. 나도 그녀와 알고 지낸 10년 가까운 기간 동안 몇 달에 한 번씩 파티에 초대받아왔다.

안 교수의 집은 부암동에 있는 2층짜리 단독주택이었다. 첫번째 남편과 이혼하면서 위자료 조로 받은 집이라고 했다. 외관은 낡았지만 벚나무와 석류나무, 아까시나무 등 수령이 백 년은 넘어 보이는 큼직한 나무들이 집을 둘러싸 꽤 운치가 있었다. 그녀는 예순이 되던 해인 5년 전, 몸담고 있던 대학에 사표를 냈고 퇴임 기념으로 집 내부를 리모델링했다. 특히 2층 거실 인테리어는 당시 유행하던 미니멀리즘 스타일이었는데, 대중음악평론가답게 마그낫 퀀텀 스피커와 레가 턴테이블 등 신경써서 갖춘 오디오장비 외에는 별다른 가구가 눈에 띄지 않았다. 하지만 계절에 따라 바뀌는 러그와 천장에 촘촘히 늘어선 오렌지빛 조명들 덕에 그 공간은 따스하고 은은한 분위기를 풍겼다. 그곳에서 그녀는 '벚꽃 지는 밤' '첫눈을 기다리며' '술 익는 저녁' 등의 이름이 붙은 파티를 열었다.

못해도 1년에 서너 번은 열렸던 안향숙 교수의 홈파티는 지난해 초 잠정 중단되었다. 그즈음 그녀가 담낭암 진단을 받았다는 소식이 들려왔다. 통원치료를 받고 있단 얘기에 집에 찾아가볼까도 싶었지만 그 성격에 아픈 모습 보이는 걸 내켜하지 않을 것 같았다. 서너 차례 보낸 문자메시지와 메일에 답이 없자 나는 더이상 연락을 하지 않았다. 그 무렵 진행하던 라디오프로그램이 확대 개편되면서 바빠진 탓도 있었다.

나는 다른 업무 메일을 제쳐두고 안향숙 교수의 편지를 가장 먼저 클릭했다. 늘 그렇듯 본문에는 '윤희은 기자에게'라는 문장 한 줄만 쓰여 있었다. 첨부된 '초대장_최종' 이미지 파일을 클릭했다. 손재주가 있는 그녀는 늘 직접 글씨를 쓰고 그림을 그려 초대장을 만든 뒤 그걸 스캔해서 메일로 보내왔다. 이번에는 어떤 파티일까, 해마다 이즈음엔 무화과 디저트를 만들어 초대하곤 했는데, 아니 무엇보다 완치 기념 파티여야겠지, 완치 선물로는 뭐가 좋으려나…… 두서없는 생각이 머리를 스쳐갔다.

저의 장례식에 초대합니다.

장례식이라니. 발신인 메일 주소를 다시 한번 확인했다. 그녀의 것이 맞았다. 머리가 복잡했다. 해독 불가능한 암호의 단서를 찾는 심정으로 아래쪽으로 눈을 돌렸다.

일시 : 8월 27일 금요일 저녁 6시
장소 : 서울 종로구 부암동 새누리길 23
드레스 코드 : 그린
비고 : 초대장 소지자만 입장 가능

이게 전부였다. 연예인 결혼식도 아니고, 초대장이 있어야만 들어갈 수 있는 장례식이라니. 물론 드레스 코드가 초록색인 장례식도 처음 듣기는 마찬가지였다. 하얀 바탕 위에 적힌 글자들을 노려보다 나는 이게 안향숙 교수의 트릭이라는 걸 깨달았다. 이번 홈파티의 콘셉트가 '장례식'인 것이다. 고약하기 짝이 없는 주제이지만 어찌 생각하면 그녀로서는 이번만큼 죽음을 가까이 느낀 적이 없었을 것이다. 하긴 유언장 쓰기 강좌가 인기를 끈 지도 몇 년 됐고 영정사진을 찍어보는

20대들도 있다는데 장례식이라고 예행연습해보지 말라는 법이 없다. 어쨌거나 안 교수가 사람들을 초대할 만큼 건강을 회복했다는 얘기일 테니 반가운 일이었다. 나는 바로 참석하겠다는 답장을 보냈다.

메일을 보낸 뒤 나는 혹시나 하는 마음에 포털사이트에서 '안향숙'을 검색했다. 뉴스 항목에 들어가 기사를 꼼꼼히 살폈지만 부고는 보이지 않았다. 최근 몸무게를 30킬로그램이나 뺀 동명의 뮤지컬배우에 대한 기사만 수두룩했다. 안 교수 지인에게 연락해볼까도 싶었지만 나만 초대를 받은 거라면 그가 서운해할 수 있겠다 싶어 그만두었다. 어차피 며칠만 지나면 모든 궁금증이 해결될 터였다.

택시를 타고 부암동 초입에 들어섰다. 안 교수의 집으로 가려면 환기미술관 쪽 골목으로 접어들어 꽤 긴 오르막을 올라야 했지만 나는 골목 진입로에 내려달라고 택시 기사에게 말했다. 어쩐지 예정 시간보다 일찍 도착하고 싶지 않았다. 주택가를 따라 천천히 걸음을 옮겼다. 담장마다 흐드러진 능소화 꽃잎들이 햇살에 반짝였다.

처음 부암동 골목을 올랐던 날도 이즈음, 여름의 끝자락이었다. 록페스티벌을 취재하면서 안 교수를 처음 만났는데 그녀는 기사가 나간 다음주에 나를 홈파티에 초대했다. 그날의 저녁 메뉴는 텃밭 채소를 재료로 한 쌈밥과 서산 어리굴젓,

완도산 전복강된장이었다. 식사만 하고 일어설 생각이었던 나는 그날 안 교수가 직접 담근 막걸리에 광양 매실주까지 비우고 자정 넘어 택시를 타고 집으로 돌아왔다.

군데군데 녹이 슨 파란색 철제 대문은 열려 있었다. 정원에 들어서자 짙은 풀냄새가 코끝에 훅 끼쳐왔다. 낮은 돌계단을 오르며 나는 휴대전화을 꺼내 시간을 확인했다. 6시가 막 넘어 있었다. 현관문 옆에 달린 초인종을 누르자 철컥 소리와 함께 바로 문이 열렸다. 머리를 하나로 단정히 넘겨 묶은 검정색 정장 차림의 여성이 나를 맞았다. 서른 중반쯤 되었을까. 표정이며 차림새가 대기업 사장 비서 같은 인상을 풍겼다.

"혹시 초대장 가지고 오셨나요?"

나는 핸드백에서 프린트해온 초대장을 꺼내 그녀에게 내밀었다. 여자는 초대장을 꼼꼼히 살피고 내 이름을 명단에서 확인한 뒤에야 나를 들였다. 평소와는 너무 다른, 엄격한 방문객 확인 절차에 살짝 신경이 곤두섰다.

늘 해왔던 대로 2층으로 연결된 계단을 올라가려고 하자 여자는 이쪽이라며 복도 안쪽으로 나를 안내했다. 1층은 안 교수의 생활공간이어서 웬만하면 손님을 들이지 않는다고 들었던 터였다. 의아했지만 나는 별말 없이 그녀의 뒤를 따랐다. 복도 끝에 있는 미닫이문을 열자 2층 거실보다 조금 작은 크기의 방이 나왔다. 두 개의 벽이 책장으로 가득차 있었고 창가에는 클래식한 디자인의 원목 책상이 놓여 있었다. 안 교수의 서재인 듯했다. 방 한가운데 놓인 진회색 가죽 소파에는 대여섯 명의 사람들이 모여 앉아 이야기를 나누고 있었다. 군데군데 놓인 테이블과 의자는 오늘 파티를 위해 마련된 것 같았다. 그런데 왼쪽 벽면에 바위처럼 보이는 시커먼 조형물이 눈에 띄었다. 툭 튀어나온 그 덩어리는 성인 남자 키만한 높이에 두 팔을 벌려 안아야 할 만큼 두툼하고 큼직했다. 진짜 바위라고 해도 믿을 만큼 색과 모양새, 질감 처리가 정교해 값이 꽤 나갈 것 같았다. 어떤 작가의 설치미술 작품일까. 안 교수가 미술 쪽에도 관심이 있는 줄은 몰랐는데. 조형물 아래에는 크기와 종류가 다양한 나무 화분들이 늘어서 있어 독특한 콘셉트의 실내 정원처럼 보였다. 그리고 보니 어디선가 풀벌레 소리가 작게 들리는 것도 같았다.

여자는 어느새 사라지고 없었다. 나는 사람들이 모여 앉은 소파 쪽으로 다가갔다. 이야기를 나누는 이들 가운데 낯익은 얼굴이 하나 보였다. 포크 가수 영우였다. 몇 년 전, 처음 라디오프로그램 진행을 맡았을 때 그는 프로그램 색깔에 딱 맞는 로고송을 만들어주었다. 안향숙 교수와 나를 함께 자신의 콘서트에 초대하기도 했다. 연두색 귀걸이를 한 영우는 나와 눈이 마주치자 살짝 웃어 보이며 반가운 체를 했다. 나는 그의 곁으로 다가갔다.

"있잖아, 오늘 장례식."

이 말을 내뱉자마자 나는 이 단어가 적절치 않다는 것을 감지하고 말을 멈추었다. 내 표정을 읽었는지 영우는 자기도 오늘 파티에 대해 잘 모른다고 했다. 그는 잠깐 자리를 비우더니 샴페인 한 잔을 가져와 내게 내밀었다. 달콤 씁싸름한 것을 한 모금 넘기니 마음이 한결 가라앉았다. 나는 소파 구석자리에 앉아 정원 쪽으로 난 커다란 창을 바라보았다. 짙푸른 색의 잎사귀들이 초저녁 바람에 가볍게 흔들렸다. 어디선가 작게 음악소리가 들렸다. 팻 메시니의 〈Last Train Home〉이었다.

이걸 들으면 왠지 집으로 영영 돌아가지 못할 것 같은 기분이 든단 말이죠.

어느 겨울밤, 내 차에서 이 곡이 흘러나오자 안 교수는 농담조로 말했다. 그해의 팝 음악을 결산하는 좌담 인터뷰가 있던 날이었고, 집으로 가는 길에 방향이 비슷한 그녀를 태워다주었다. 식사 때 마신 와인 때문이었는지 안 교수는 평소보다 말이 많았고 자기 얘기도 서슴없이 털어놓았다. 그녀가 두 번 결혼했었다는 것도, 두번째 남편이 몇 년 전 갑자기 세상을 떠났다는 것도 그날 알게 된 사실이었다. 이런저런 얘기 끝에 나도 석 달 전의 이혼 사실을 털어놓았다. 언니 외에는 아무에게도, 재혼한 아버지에게조차 말하지 않았던 터라 이야기를 하고서 스스로도 조금 놀랐다. 4년이면 오래 살았네, 나도 첫 남편이랑 3년 반이나 살았거든요. 그런 말을 하며 안 교수는 이 곡을 한번 더 듣자고 했다. 멜로디 아래 엷게 깔리는 드럼 사운드가 꼭 비둘기호 소리 같지 않냐며 그녀는 내게 동의를 구하듯 물었다. 비둘기호를 타본 적은 없었지만 나는 고개를 끄덕였다. 안 교수를 내려주고 부암동 골목을 빠져나온 뒤 나는 차를 돌려 북악스카이웨이 쪽으로 향했다. 지난밤 내린 눈의 흔적이 남아 있는 순환도로를 천천히 올랐다. 내비게이션을 켜지 않고 내키는 대로 달리며 그 곡을 열 번쯤 반복해 들은 뒤에야 다시 집 쪽으로 방향을 틀었다.

음악이 서서히 잦아들 때쯤 현관에서 나를 맞았던 여자가 다시 나타났다. 그새 서재에 모인 사람은 열 명 남짓으로 늘어나 있었다. 여자는 자신을 안향숙 교수의 오촌 조카라고 소개했다. 무남독녀로 자랐고 친척과 교류도 거의 없다고 했던 안 교수의 말이 기억났다. 여자가 그나마 그녀와 인연을 유지하고 있는 혈육인 듯했다. 여자는 이모의 부탁으로 이 자리에 섰다면서 먼저 이모의 이야기를 들어보는 게 좋겠다고 말했다. 나는 미닫이문 쪽을 바라보았지만 문은 미동도 하지 않았다. 여자는 대신 책장에 세워져 있던 태블릿피시를 가져와 전원을 켜고 블루투스스피커를 연결했다. 미세한 잡음이 한동안 들리더니 이내 익숙한 목소리가 스피커에서 흘러나왔다.

"여러분 안녕, 나 안향숙이에요. 이제 한 시간 뒤, 나는 인천공항으로 가는 리무진을 탑니다. 프랑크푸르트를 거쳐 스위스 바젤에 갈 거예요."

의심할 것 없는 안 교수의 목소리였다. 평소처럼 맑고 또렷한, 어쩐지 경쾌하게 들리기까지 하는. 하지만 그녀의 입에서 나오는 말은 외국어처럼 낯설었다. 사람들 사이에서 놀람인지 탄식인지 모를 소리가 흘러나왔다. 안 교수는 그러거나 말거나 말을 이어나갔다.

"들어서 다들 아실 거예요. 지난해 초에 담낭암 3기 진단을 받았고, 의사는 쉽지는 않지만 아주 희망이 없는 것도 아니라고 말했죠. 고민이 없었던 건 아니에요. 주치의 권유대로 수술 날짜까지 잡았으니까요. 하지만 입원할 날이 다가오자 내가 뭘 원하는지를 명확하게 알게 되었어요. 나는 싫었어요. 항암 치료의 고통 속에서 하루하루를 연명하는 것도, 언제 죽음이 닥칠지 몰라 불안해하는 것도요. 드디어 때가 되었구나, 싶었습니다. 내가 죽음에게 먼저 선수를 칠 때가."

갑자기 안 교수의 목소리에 희미한 잡음이 섞여들었다. 어머 웬 비야, 라고 작게 중얼거리며 그녀는 잠시 이야기를 멈추었다. 그사이 주위는 다시 조용해졌다. 안 교수는 다시 차분하게 말을 이어나갔다.

"결심은 오래전에 섰기 때문에 안락사를 돕는 기관인 이터널 스피릿에 대한 정보는 충분히 갖고 있었죠. 참, 장례식 초대장은 어제 만들었어요. 멋있는 문장도 좀 쓰고 그림도 예쁘게 그려넣고 싶었는데 이상하게 잘 안 되더라고요. 예약발송 걸어두었으니 여러분이 메일을 확인할 즈음에는 저는 아마 스위스에 있을 겁니다. 근데요, 이터널 스피릿에서도 마지막 선택은 제가 해야 한다네요. 제 몸에 약을 주입할 주사기의 연결 밸브를 직접 열어야 하는 거죠. 지금이야 결심이 확고하지만 혹시 마지막 순간에 마음이 바뀔 수도 있을까요? 아직 닥치지 않았으니 잘 모르겠어요. 혹시나 제가 마음이 바뀌어서 밸브를 열지 않는다면 장례식 날, 우리 반갑게 만나요."

목소리가 멈추었다. 방안에는 정적이 흘렀다.

"향숙 언니, 그럼 살아계신 거예요? 언니 지금 여기 있나요?"

가느다랗게 떨리는 목소리가 여자에게 물었다. 여자는 천천히 고개를 저었다. 여기저기서 웅성거림이 들려왔지만 누구 하나 나서서 말을 꺼내지 못했다. 어디선가 딸꾹, 하는 소리가 들렸다. 나는 주위를 둘러보았다. 카키색 셔츠를 입고 소파에 기대선 남자의 귀가 발갛게 달아올라 있었다. 그는 두 손으로 입을 틀어막았지만 딸꾹질 소리는 쉬이 그치지 않았다. 담담한 표정으로 우리를 지켜보던 여자가 다시 입을 열었다.

"저도 이모가 스위스로 떠나기 사흘 전, 모든 이야기를 들었습니다. 이모는 제게 이 장례식을 맡아달라고 부탁했어요. 돌아오든, 돌아오지 않든 말이죠."

그녀는 여기까지 말한 뒤 다시 침묵했다. 유리창 너머로 시선을 둔 채 가만히 서 있었다. 베이지색 린넨 커튼을 통과한 저녁 햇살이 서재 마룻바닥에 배어들고 있었다. 나는 여자의 입이 다시 열리기를 기다렸다. 안향숙 교수가 이 말을 처음 꺼낼 때 어떤 상태였는지, 스위스에 가겠다는 결심은 언제 선 건지, 이 모든 걸 혼자 결정한 건지 누구와 상의라도 한 건지 말해주기를 바랐다. 아니, 조카라면 일단 못 가게 막았어야 하는 것 아니냐고 따지고 싶었다. 하지만 입이 떨어지지 않았다. 깊은 바닷속에 잠긴 것처럼 눈과 귀가 먹먹했다. 여자는 더는 이야기할 것이 없다는 듯 우리를 향해 고개를 살짝 숙였다. 그때 서재 반대편 문이 열리며 웨이터복 차림의 남자가 고개를 내밀었다. 그는 살짝 머뭇거리며 말했다.

"저, 식사 준비 다 됐는데요."

저녁식사는 뷔페식이었다. 아보카도 크로스티니와 무화과 토스트, 그릴드 라디치오 샐러드가 전채로 준비돼 있었고 쿠스쿠스를 곁들인 한우 채끝 스테이크와 양송이 콘킬리에 파스타가 메인이었다. 떡갈비와 보리굴비, 전 몇 가지 등 한식 메뉴도 곁들여졌다. 평소 안 교수가 즐겨 마시던 샤토 몽투스와 이화백주가 식사주로 테이블에 나란히 올랐다. 나는 와인 한 잔과 라디치오 샐러드를 가지고 서재로 돌아왔다. 정원이 보이는 테이블에 앉아 술을 한 모금 넘겼을 때, 진녹색 체크무늬 셔츠를 입은 반백의 남자가 내게 다가왔다.

"〈문화읽기〉 진행하시는 윤 기자님이시죠?"

창백한 피부색과 마른 체형 때문에 어딘지 모르게 유약해 보이는 인상의 사내였다. 어디서 봤더라. 분명 낯이 익은데 기억이 나지 않았다.

"저, 작년에 기자님 방송에 출연했던……"

"아, 네, 여기서 뵙네요, 선생님."

나는 살짝 미소를 지으며 그에게 인사를 건넸다. 『베를린 천천히 걷기』라는 인문여행서를 펴낸 사회학자였다. 책 제목까지는 기억이 났는데 이상하게 이름이 떠오르지 않았다. 곽씨였는데, 곽 뭐였더라. 안 교수와는 어떻게 아는 사이냐고 남자에게 묻자 그는 잠시 머뭇거리다 쑥스러운 표정으로 전 남편입니다, 라고 말했다.

"아, 그 첫번째, 3년 정도……?"

"네, 3년 7개월……"

"그럼 이 집이……?"

"그쵸, 신혼집으로 샀던 건데……"

나는 괜히 어색해져서 집이 참 좋네요, 라고 작게 말했다. 그의 표정이 갑자기 어두워졌다. 그는 집 때문인지, 라며 말끝을 흐렸다. 그게 무슨 뜻이냐고 묻자 곽은 벽에 붙어 있는 바위 조형물을 가리켰다.

"저거 보이세요? 이 터에 박혀 있던 건데, 뽑아내기가 어려워서 그대로 껴안고 이 집을 지은 거거든요."

"저 돌이 설치미술 작품이 아니라, 진짜 바위라고요?"

내 물음에 곽은 고개를 끄덕이며 작게 한숨을 쉬었다.

37년 전 곽이 안 교수와 처음 이 집을 보러 왔을 때, 그는 벽에 붙어 있는 바위를 보고 질겁을 했다. 하지만 안 교수는 바로 그 점이 마음에 든다며 집을 사자고 강력하게 주장했다. 안 교수가 이혼할 때 이 집을 요구한 것도 그 때문이었다. 집에 바위가 들어앉아 있어서 결혼이 깨졌다느니, 여자가 음기가 세서 남편 쫓아내고 혼자 산다느니 주위에서 온갖 말이 돌았는데도 안 교수는 끄떡도 하지 않았다. 두번째 결혼식은 아예 집마당에서 치렀다. 상대는 안 교수 집의 나무들을 정기적으로 관리해주던 정원사였는데, 안 교수는 그와 사귄 지 두 달 만에 결혼 소식을 알려와 지인들을 놀라게 했다. 여행을 싫어했던 그녀가 변한 것도 정원사와 결혼한 후였다. 학기가 끝나면 두 사람은 숲을 찾아 먼 곳으로 여행을 떠났다. 블라디보스토크에서 열차를 타고 사할린 깊숙한 곳을 돌아다녔고 칠레의 작은 섬에서 한 계절을 나기도 했다. 정원사가 잔디를 깎던 중 심장마비로 갑작스레 세상을 떴을 때 안 교수는 미국 출장중이었다. 비행기표를 구하지 못해 발인 날 저녁이 되어서야 인천공항에 도착했다. 곽은 정원사가 갑자기 사망한 것도, 그녀가 이번에 이렇게 된 것도 왠지 저 바위 때문인 것 같다며 심각한 말투로 말했다.

"그뿐인 줄 아세요? 저 바위 밑에 말이에요."

그가 여기까지 말했을 때 누군가 곽에게 다가와 알은체를 했다. 곽은 내게 양해를 구하고 자리를 떴다. 나는 와인잔을 내려놓고 바위 쪽으로 다가갔다. 처음 봤을 때는 표면이 검회색이었는데 가까이에서 보니 어딘가 푸른빛이 도는 것도 같았다. 창 너머로 여자아이 울음소리 같은 새소리가 들려왔다. 노인의 눈두덩이처럼 움푹 들어간 경사면을 만져보려고 팔을 뻗었다가 나는 그만 손을 거두었다.

식사가 어느 정도 마무리됐을 즈음, 안 교수의 조카가 우리를 다시 서재로 불러모았다. 안 교수가 스위스에서 돌아오지 않을 경우 사람들에게 들려주라고 당부한 음성 파일이 있다고 했다. 그걸 듣고 난 뒤에는 오늘 장례식을 위해 그녀가 선곡한 음악들이 나갈 거라고, 식사 전에 들었던 〈Last Train Home〉이 플레이리스트의 첫 곡이었다고 덧붙였다. 여자는 다시 한번 태블릿피시를 작동시켰다.

"여러분들이 궁금해할 것 같아서요. 왜 이렇게 장례식이 유별난가, 죽는 마당에 이렇게까지 해야 하나……. 사실 안락사부터 흔한 선택은 아니니까요. 하지만 살면서 그동안 내 마음대로 하고 살았던 게 얼마나 있었나 돌아보니, 의외로 별로 없더라고요. 뭐, 태어난 것 자체부터 내가 원한 건 아니었으니까."

꼭 그녀가 내 옆에서 눈을 반짝이며 이야기하고 있는 기분이 들어 나는 눈을 감았다.

"첨엔 장례식을 이렇게 할 생각이 없었어요. 근데 죽고 난 뒤를 상상하니까 갑자기 내가 싫어하는 사람들이 떠오르는 거예요. 그 인간들이 내 빈소에 와서 울고 짜고 소주 마시면서 화투 치고, 생전에 안향숙이 이랬네 저랬네 할 걸 생각하니 딱 싫더라고. 그렇잖아요? 세상 떠나는 마지막 자린데 내가 사랑하는 사람들, 부르고 싶은 사람들만 딱 초대해서 맛있는 음식 먹이는 게 훨씬 의미 있겠다 싶더라고요. 그나저나 음식들은 괜찮았어요? 마늘종무침이랑 양파장아찌는 내가 담근 건데, 입에 맞았는지 모르겠네. 음, 솔직히 내가 당신들에게……"

갑자기 라디오 주파수를 잘못 맞추었을 때처럼 지지직거리는 소음이 안 교수의 목소리를 덮었다. 그녀의 말은 더이상 들리지 않고 어지러운 잡음만 스피커에서 번져나왔다. 나는 눈을 뜨고 안 교수의 조카를 바라보았다. 그녀는 태블릿피시 여기저기를 터치하더니 파일 뒷부분이 손상된 것 같다고 했다. 분명 재생은 되고 있는데 소리가 나지 않는다는 거였다.

"어쨌든 끝까지 한번 들어봅시다."

누군가의 말에 우리는 다시 침묵했다. 안 교수의 말을 한 조각이라도 더 건질 수 있기를 기대하면서. 하지만 스피커는 알 수 없는 소음만 낮게 뱉어낼 뿐 그녀의 목소리는 좀체 들리지 않았다. 우주선의 고장난 교신장치에서 나는 소음처럼 먼지 속을 부유하는 듯한 가느다란 소리마저 뚝 끊기자 우리는 고개를 들어 서로를 바라보았다.

안 교수의 조카는 아무 말 없이 다시 태블릿피시를 터치했다. 스피커에서 부드럽고 리듬감 있는 피아노 연주가 흘러나왔다. 빌 에번스 트리오의 〈Waltz for Debby〉였다. 주방에서 보았던 웨이터복 차림의 남자가 나와 서재 가운데 테이블에 술과 안주들을 늘어놓기 시작했다. 저녁식사 때 마셨던 와인과 막걸리에 맥캘란 파인오크 21년산과 레미 마르탱 코냑이 추가됐고 치즈와 하몽, 구운 호두, 샤인머스캣 등이 함께 차려졌다. 나는 코냑이 담긴 잔을 들고 소파 가장자리에 앉아 오늘 모인 이들을 찬찬히 바라보았다. 모두 열두 명. 여자가 일곱, 남자가 다섯이었다. 대부분 나보다 연배가 있어 보였지만 영우 또래의 젊은 친구들도 한둘 눈에 띄었다. 열두 명이면 많은 건가, 적은 건가. 그새 안 교수의 플레이리스트는 재즈에서 팝으로 넘어가 있었다. 비틀스의 〈The Long and Winding Road〉가 흘러나왔다. 나는 언제나 존 편이야. 안향숙 교수는 폴 매카트니가 만든 곡보다 존 레넌의 곡들을 훨씬 좋아한다고 입버릇처럼 말했었다. 근데 오늘은 폴이네요. 나는 작게 중얼거리며 코냑을 한번에 털어넣었다. 다시 술을 채워 소파로 돌아오자 곽과 영우가 내게 다가왔다. 두 사람은 새 와인병을 들고 소파 아래 깔린 러그에 주저앉았다. 영우는 벌써 뺨과 목덜미가 불그스레했다.

"곽 선생님과 아는 사이였어?"

나는 영우에게 물었다.

"그럼요. 향숙 누나 때문은 아니고요. 곽 샘이 저희 아버지 친구분이시거든요."

영우는 서른 살도 넘게 차이가 나는 안 교수를 누나라고 불렀다. 우리는 말없이 술을 마셨다. 한 병을 모두 비울 때까지 누구도 입을 열지 않았다. 영우는 연보랏빛으로 물든 빈 와인잔을 노란 램프 불빛에 이리저리 비췄다.

"솔직히 이 장례식에 초대받은 거, 엄청 영광이에요. 향숙 누나가 인생 마지막에 떠올린 사람 중에 제가 있었다는 거잖아요. 누나가 표현은 많이 안 했어도 날 정말 아꼈구나, 근데 그걸 참 몰랐구나."

씩 웃는 영우의 눈에 물기가 고여 있었다. 생각해보니 정말 그랬다. 누군가의 생의 마지막을 배웅하는 자리에 선택된다는 것. 그런데 나는 이 특별한 장례식에 어떻게 초대받았을까. 한때 안 교수와 꽤 친하게 지낸 건 사실이었지만 자잘한 일상까지 공유할 만큼 격의 없는 사이는 아니었다. 갑자기 어디선가 개 짖는 소리가 들려왔다. 어, 김민기 아저씨다. 영우가 말했다. 다정한 기타 반주와 함께 소녀의 청아한 목소리가 스피커에서 흘러나왔다. 〈백구〉였다. 내가 아주 어릴 때였나 우리집에 살던 백구 해마다 봄가을이면 귀여운 강아지 낳았지……* 작게 노래를 따라 부르던 영우는 곽과 나를 보며 말했다.

"근데 이 노래에서 민기 아저씨가요, 어디서 코러스를 넣는 줄 알아요? 백구가 길을 건너다가 차에 치이는 대목요. 거기서 아저씨가 그 동굴처럼 낮은 목소리를 슬그머니 깔면서 들어오는데요, 그게 꼭 노래를 부르는 소녀를 위로하는 것처럼 느껴져요. 얘야, 괜찮다, 슬퍼 마라."

그때 누군가 훌쩍이는 소리가 들려왔다. 영우 뒤쪽에 홀로 앉아 있던 남자였다. 그는 손바닥으로 눈물을 훔치더니 마침내 소리 내어 울기 시작했다. 나는 곽에게 귓속말로 저이를 아느냐고 물었다. 혜화동 '깊은숲' 사장이에요. 안 교수가 30년 넘게 다녔던 단골 LP바라고 곽은 말했다. 영우는 남자에게 다가갔다. 그의 등에 가만히 손을 얹은 채 작게 무어라 속삭였다. 〈백구〉가 끝나고 조동익의 목소리가 흘러나올 때쯤 남자의 울음은 조금씩 잦아들었다. 영우는 곽에게 담배를 빌리더니 깊은숲 사장을 부축해 밖으로 나갔다.

"참, 아까 바위 말이에요. 그 밑에 뭔가 있다고 하지 않았어요?"

나는 곽에게 물었다. 아, 그게 말이죠. 그는 잔에 담긴 와인을 한번에 비우고 은밀한 목소리로 내게 속삭였다. 눈두덩 주위가 붉게 달아오른 걸 보니 그도 꽤 취한 듯했다.

곽은 나를 데리고 바위 곁으로 갔다. 바닥에 놓인 화분 몇

---

* 김민기의 〈백구〉 노랫말에서.

개를 치운 뒤 엎드린 자세로 고개를 안쪽으로 들이밀었다. 그는 몸을 일으킨 뒤 내게도 바위 밑을 들여다보라고 권했다.

"깊숙한 데를 잘 보셔야 해요."

자세히 보니 바위는 하나가 아니었다. 벽에 붙은 큰 바위 아래에 또 다른 넓고 평평한 바위가 버티고 있었다. 두 개의 돌은 완벽하게 맞물리지 않아 군데군데 작은 틈이 보였다. 나는 청록색이 감도는 아래쪽 바위에 손을 가져다댔다. 차가울 줄 알았는데 신기하게도 돌의 표면에서 은근한 온기가 느껴졌다. 손을 떼었다가 다시 만져보아도 마찬가지였다. 고개를 들자 곽이 내게 말했다.

"들리죠?"

"뭐가요?"

내게 들리는 건 주변 사람들의 말소리와 스피커에서 흘러나오는 레너드 코언의 중후한 목소리뿐이었다.

"물소리요. 물 흐르잖아요."

"안 들리는데. 여기 물이 어딨어요?"

"이 아래에요."

곽이 손가락으로 컴컴한 바위 틈새를 가리켰다.

"안 들려요. 진짜 물 흐르는 거 맞아요?"

"흐른다니까요. 여기 이끼도 꼈잖아요."

그는 바위 아래쪽을 손바닥으로 문지르며 말했다. 물이 어디서 나서 여기까지 흐르는 거냐고 묻자 그는 백사실계곡 쪽 아니겠냐며 당연한 걸 묻는다는 표정으로 나를 보았다.

"아까 이 틈새에서 귀뚜라미 우는 것도 못 들었어요?"

그는 살짝 타박하듯 내게 물었다. 그러고 보니 이 공간에 들어섰을 때 풀벌레 소리를 들은 것 같기도 했다. 곽은 귀뚜라미가 곧 또 찾아올 거라며 기다려보자고 했다. 이 밑으로 진짜 물이 흐르는 걸까. 나는 다시 고개를 숙이고 아래쪽 바위를 찬찬히 쓸어보았다. 손바닥을 타고 전해지는 온기에 이상하게 마음이 차분히 가라앉았다. 두 바위가 만나는 경계를 왼쪽부터 천천히 더듬어나가다 가장자리에서 손톱 크기의 구멍을 발견했다. 귀를 가까이 대보았지만 물소리도, 귀뚜라미 소리도 들리지 않았다. 다만 그 틈새에서 희미한 불빛을 본 것 같아 나는 눈을 크게 떴다. 분명 하얗고 푸른 것이 두어 번 깜빡였는데 다시 들여다본 구멍 안에는 아무것도 없었다. 컴컴하기만 했다.

나는 몸을 일으켜 바위에 등을 대고 기대고 앉았다. 안향숙 교수의 뒷모습이 눈앞에 떠올랐다. 작은 트렁크 가방을 끌고 파란 철제 대문을 통과하는. 평소처럼 씩씩한 걸음이었을까. 집을 나서기 전, 한번쯤은 뒤를 돌아보았을까. 우리가 당신의 이야기를 끝까지 듣지 못했다는 걸 알면 그녀는 어떤 표정을 지을까. 아니, 이제 표정 같은 건 지을 수 없는 건가.

"마지막 곡이에요."

안 교수의 조카가 스피커의 볼륨을 조금 높이며 말했다.

익숙한 기타 반주에 이어 쓸쓸하고 차분한 데이비드 보위의 목소리가 흘러나왔다. 〈Space Oddity〉였다. 우주비행사인 톰 소령이 지상 관제탑과 교신하다 신호가 끊어져 우주에서 실종되는 이야기. 안 교수는 내가 진행하는 프로그램에서 데이비드 보위 5주기 추모방송을 했을 때에도 이 노래를 끝 곡으로 골랐다. 온에어 사인이 꺼지고 음악이 흘러나오자 그녀는 이렇게 말했다. 나는 톰 소령이 부러워요. 여기 그런 가사가 나오거든. 아내에게 내가 그녀를 정말 사랑한다고 전해주세요, 그녀도 그걸 알죠, 라는. 그걸 관제탑에 얘기하고 나서 바로 교신이 끊어져요. 어쨌든 톰은 실종되기 전에 그 말을 한 거잖아요. 비록 직접 하진 못했어도. 안 교수는 거기까지 말한 뒤 말을 멈추었다. 스튜디오의 조명이 꺼졌지만 우리는 자리에서 일어나지 않았다. 나는 못했거든. 노래가 끝날 즈음 그녀가 작게 중얼거리는 것을 나는 들었다.

"근데 그 안락사 단체 이름이 뭐라고 했죠? 무슨 터널이었는데."

어느새 돌아온 영우가 바위 옆에 쪼그리고 앉은 곽에게 물었다.

"터널은 무슨, 이터널이지. 이터널 선샤인."

곽이 대답했다.

"이터널 선샤인요? 그건 영화 제목 같은데."

영우가 고개를 갸웃거렸다.

"이터널 선샤인 맞다니까. 영원한 햇살이란 뜻이잖아."

곽은 확신에 찬 목소리로 말했다.

나는 두 사람에게 그 단체의 이름을 고쳐주지 않았다. 가만 생각해보니 스피릿보다 선샤인 쪽이 더 근사한 것 같기도 했다. 어느 책에서 본 사후 체험 수기에서 그런 이야기를 읽은 적이 있다. 사람이 죽고 난 직후, 육체에서 빠져나온 영혼은 어두운 터널에 들어서고 그 끝에서 환한 빛을 만난다고. 그 빛이 너무나 편안히 영혼을 감싸안아서 삶으로 돌아가고 싶은 마음이 사라진다고. 나는 이 이야기를 안 교수에게도 했었다. 데이비드 보위 추모방송을 끝내고 마포대교를 함께 걸어서 건너며 스무 살 때 떠나보낸 엄마 이야기를 했다. 고등학교 동창들과 함께 떠난 단풍 여행에서 엄마 혼자만 돌아오지 못했다. 그 얘기가 사실이라면 갑작스레 저곳으로 건너간 엄마도 그 순간에는 행복했을 거라고, 삶으로 돌아가고 싶지 않을 만큼 편안했을 거라고…… 그렇게 생각하면 조금 안심이 돼요. 내 이야기를 듣는 동안 안 교수는 아무 말도 하지 않았다. 우리는 달리는 차의 소음을 들으며 가로등 불빛 아래를 천천히 걸었다. 다리를 거의 다 건넜을 즈음 그녀는 내게 고맙다고, 마음이 좀 편해졌다고 했다. 그날 나는 그녀와 지하철역 입구에서 헤어졌다. 스튜디오를 나설 때만 해도 보위의 음악을 들으며 와인을 마시자고 얘기했지만 강을 거의 다 건넜을 즈음 우리 중 누구도 그 말을 꺼내지 않았다.

"어, 이제 나온다. 제가 제일 좋아하는 부분이에요."

비틀거리며 자리에서 일어선 영우가 스피커의 볼륨을 높였다. 캔 유 히어 미 메이저 톰, 캔 유 히어 미 메이저 톰, 캔 유 히어 미…… 마른 낙엽 같은 데이비드 보위의 음성에 영우의 취기 어린 목소리가 겹쳐졌다. 노래가 끝난 뒤에도 영우는 중얼거림을 멈추지 않았다. 나는 바위에서 살짝 떨어져 앉아 두 무릎을 팔로 끌어안았다. 무릎 사이에 고개를 묻고 눈을 감았다. 터널을 지나 빛 속으로 천천히 걸어들어가는 안 교수의 뒷모습을 보고 싶었다. 안 교수는 지금 어디쯤 지나고 있을까. 어두운 터널을 혼자 걷는 길이 춥거나 무섭진 않을까. 갑작스레 이별해야 했던 그에게 하고 싶었던 말을 마침내 전했을까. 혹시 그곳에서, 우리 엄마도 만났을까.

서늘한 밤바람이 발등을 훑고 지나갔다. 열린 창밖으로 고개를 내민 이의 뒷모습이 보였다. 여름 나무의 냄새를 맡으려 나는 숨을 크게 들이쉬었다. 귀뚜라미가 찾아오길 기다리고 있는 곽을, 바스켓에 얼음을 채우는 안 교수의 조카를, 잔뜩 부은 눈으로 누군가와 잔을 부딪치는 깊은숲 사장을 바라보았다. 초록을 몸에 하나씩 지닌 채 손을 잡고 등을 두드리고 이야기를 나누는 사람들을 보았다. 어둠이 짙어진 지 오래되었지만 아무도 돌아갈 생각을 하지 않았다. 안 교수와 함께 팻 메시니를 들었던 그 밤처럼, 나는 어쩐지 영영 집으로 돌아가지 못할 것 같았다.

되는 얘기

저녁 6시, 선유는 출근하자마자 사내 인트라넷에 접속했다. 오늘자로 업데이트된 출연 금지 연예인 목록을 확인하기 위해서였다. 최근 프로포폴 상습 투약 혐의로 입건된 배우의 이름이 맨 위에 올라와 있었다. 추가된 명단에 다행히 염려하던 이름은 없었다. 다음달 컴백 예정인 아이돌 그룹 엔픽의 멤버 한 명이 최근 구설에 휩싸여 걱정했던 터였다. 그가 소속사 연습생을 성추행했다는 의혹이 인터넷 커뮤니티에서 번졌었는데 피해자로 알려진 이의 해명이 나오면서 여론이 바뀌어 가던 상황이었다.

성추행 의혹이 불거진 다음날, 최 이사는 방송국 앞 카페에서 선유를 두 시간 넘게 기다렸다. 엔픽을 비롯해 아이돌

세 팀을 연이어 성공시킨 뒤로는 얼굴 한번 안 비치던 그였다. 선유가 자리에 앉자마자 최 이사는 단도직입적으로 말했다. 좀 도와달라고.

"피디님, 우리 알고 지낸 지 10년이야. 내가 언제 이런 부탁 한 적 있어요?"

"선공개 곡 발표 전에 정리된다는 걸 제가 뭘 보고 믿어요. 컴백 맞춰서 엔픽 스케줄 다 잡아놨는데, 우리 예능국도 완전 난감하다고요."

선유의 완강한 반응에 최 이사는 작게 한숨을 쉬었다. 잠깐의 침묵 뒤 그는 다시 입을 열었다.

"율현이 프로, 다른 피디한테 넘길 때 되지 않았어요?"

선유는 컵을 내려놓고 그를 마주보았다.

"우리 승하, 유튜브 하나 넣어볼까 하고요. 그걸 내가 피디님 말고 누구랑 하겠어."

최 이사는 선유의 표정을 살피며 덧붙였다.

"승하 이번에 유럽 단독 투어 잡힌 거 아시죠? 솔직히 율현이보단 훨씬 쏠 만하잖아요."

선유는 그의 시선을 무시하며 식은 커피를 들이켰다. 갑자기 명치께가 조여드는 듯한 통증이 몰려왔다. 애써 태연한 표정을 유지하며 주먹으로 가슴 아래쪽을 지그시 눌렀다.

의혹에 불이 붙으면 선제적으로 출연 금지 조치를 하는 게 최근 공중파의 분위기였다. 대중은 공인으로 간주되는 이들에게 엄정한 잣대를 갖다대며 미디어가 빠르게 심판을 내리고 손절하기를 요구했다. 한 명의 '공인'이 매장되는 데에 1주일이 채 걸리지 않았다. 그러니 일단 출연 금지를 건 다음 나중에 슬그머니 해제해도 방송사로선 잃을 게 없는 장사였다.

선유는 오늘 치 생방송 큐시트와 원고를 출력해 자리로 돌아왔다. 모니터에 띄워둔 출연 금지 연예인 목록을 다시 한번 눈으로 훑었다. 이번에는 운이 좋았다고 생각했다. 최 이사에게 메시지를 보냈다.

-명단 보셨죠? 심의실에서 신경 좀 쓴 모양이더라고요.

최 이사는 바로 답장을 보내왔다.

-다 피디님 덕이죠. 날짜 주시면 식사 한번 모시겠습니다.

-모시긴요. 예능국장님이 조만간 회사에서 차 한잔하자시네요.

그는 더이상 답이 없었다. 놀라운 일도 아니었다. 한참 뒤에 의미 없는 이모티콘이나 하나 보내겠지. 그때 핸드폰에서 짧은 진동이 느껴졌다. 선유는 메시지 앱을 열었다. 최 이사가 아닌, 율현이었다. 선유는 전화를 무음모드로 바꾼 뒤 뒤집어 책상에 내려놓았다. 하지만 채 5분을 넘기지 못하고 다시 집어들었다. 율현의 메시지는 그새 쉰여섯 개로 늘어 있었다.

-누나

-누나

―누나 왜 대답 안 해

―나 있잖아

―아니다

―솔직히 내가,

―오늘은 진짜 너무

―누나 나 알잖아

―딱 한 번만

―사실……

이걸 다 읽고 있는 건 의미가 없었다. 선유는 메시지 창을 닫고 통화 버튼을 눌렀다. 율현은 전화를 받지 않았다. 선유는 핸드폰 사진첩에서 위스키 사진을 검색했다. 그가 가장 좋아하는 브랜드의 리미티드 에디션으로 단골 싱글몰트바 사장에게 부탁해 어렵게 구한 것이었다. 선유는 라벨 이미지가 선명한 것으로 고른 뒤에도 한참 망설이다 사진을 보냈다. 그는 메시지를 읽고도 답을 하지 않았다. 선유는 10분쯤 기다렸다 문자를 보냈다.

―현아, 오늘 끝나고 한잔할까

선유는 답을 기다리지 않았다. 율현은 제시간에 도착할 것이다. 미리 모여 2주년 특집방송 회의를 하기로 한 약속은 물론 그의 머릿속에 없겠지만. 어차피 이 상태로 회의를 해봤자 제대로 된 논의를 할 수 없을 것이다. 선유는 율현의 매니저 홍 실장에게 생방송에만 늦지 않게 와달라고 문자를 보냈다.

제작진 단체메시지방에도 MC 없이 회의를 하겠다고 공지를 올린 뒤 눈을 감았다. 그날 최 이사와 헤어지면서 그가 했던 말이 떠올랐다. 피디님 연차가 얼만데, 자정에 필드 뛰는 건 좀 그렇지 않아요? 선유는 가볍게 받아쳤다. 요새 그런 거 후배들한테 시키면 욕먹어요. 그냥 내가 하고 말지.

마흔. 12년 차. 커리어상으로 애매한 시기이긴 했다. 맡는 프로그램마다 평타 이상을 쳐온 선유였지만 딱히 대표작으로 꼽을 만한 건 없었다. 재작년부터는 스카우트 제안도 눈에 띄게 줄었다.

"이제 후배들 챙길 때 됐잖아."

유튜브 전용 예능프로그램을 만드는 디지털콘텐츠팀에 가겠다고 선유가 손을 들었을 때 국장은 그를 만류했다. 예능국에서 큰 그림을 그릴 사람이 필요하다며 선유에게 CP 자리를 제안했다.

"지금 디콘팀, 총알 필요하신 거잖아요. 돈 벌어다드릴게요."

선유는 국장에게 목표치를 제시했다. 유튜브 콘텐츠는 TV로 쏘는 프로그램에 비해 예산도 인력도 가벼웠다. 돈 많이 달라고 하지 않겠다, 대신 콘셉트부터 MC 섭외까지 모두 자신에게 맡겨달라고 제안했다. 선유가 심야 라디오 느낌의 K팝 라이브 프로그램을 론칭하겠다며 MC로 율현을 내밀었을 때 국장은 약속대로 토를 달지 않았다. 하지만 선유는 알았다. 열심히 해보라는 국장의 격려 뒤에 무엇이 있는지를. 어차피 안 될 거 금방 깨달을 텐데 굳이 지금 쓴소리할 필요 있겠어. 그의 눈은 그렇게 말하고 있었다.

국장의 예상은 빗나갔다. 다음달이면 〈율현의 미드나잇 스테이지〉가 문을 연 지 2년이 된다. 최근 들어 화제성 순위는 좀 떨어졌지만 디지털콘텐츠팀 내 프로그램 중에선 여전히 누적 조회수 1위를 기록하고 있었다. 무엇보다 해외 K팝 팬들의 충성도가 높았다.

처음부터 선유는 2010년대 초중반에 데뷔한 2, 3세대 아이돌을 섭외 타깃으로 잡았다. 신인 그룹에 밀려 음악방송에는 많이 못 나가지만 여전히 국내외에 굳건한 팬덤을 지니고 있는 팀들이었다. 싱글이나 미니앨범을 자주 내는 그들에게도 〈미드나잇 스테이지〉는 가성비 좋은 홍보 창구였다. 3세대 아이돌 출신인 율현도 그들이 출연할 때 가장 합이 좋았다. 물론 프로그램이 이렇게 뜬 데에는 론칭 2회 만에 터진 유튜브 알고리즘 덕이 가장 크긴 했다. 하지만 이미 레드오션이 된 판에서 꾸준히 조회수와 화제성을 유지해온 건 다른 문제였다. 프로그램을 안착시킨 뒤 선유가 가장 많이 들은 말은 어떻게 율현을 MC로 쓸 생각을 했느냐는 거였다. 그럴 때마다 선유는 말없이 웃기만 했다. 대답할 마음이 생기면 이렇게 말했다.

"걔가 저를 쓴 거죠."

9시부터 시작한 특집 아이템 회의는 지지부진했다. 두 시간이 넘도록 대략적인 그림도 잡지 못했다. 이쪽 판에 새로운 게 어딨어요. 노트북을 덮으며 메인 작가가 자조적으로 말했다. 맞는 얘기였다. 그걸 조금이라도 새롭게 보이기 위해 포장지만 바꿀 뿐. 문제는 그 포장을 율현이 해내야 한다는 거였다. 좀더 고민해봅시다. 선유는 생방 큐시트를 챙겨 먼저 회의실을 나섰다.

막내 작가 한이 종종걸음으로 선유를 뒤따라왔다. 그는 조심스럽게 선유에게 물었다.

"율현이 형, 요즘 무슨 일 있어요?"

"왜?"

너무 신경질적으로 대꾸했나. 선유는 표정을 풀고 한에게 물었다.

"컨디션이 좀 안 좋아 보이니?"

"네, 생방 때도 계속 냉랭하고 텐션도 확실히 낮아요."

한은 머뭇거리며 말했다. 선유는 어떻게 답해야 할지 망설였다. 상황을 좀 알아보라는 메인 작가의 지시가 있었을 터였다. 어디까지 말해야 좋을까. 아니, 어디까지 말해야 할지 고민할 정도로 율현의 상태를 제대로 파악하고 있긴 한 건가. 선유는 석 달 전 그날 이후 더이상 그를 안다고 자신할 수 없었다.

"요즘 곡 작업하느라 잠을 못 잔대. 작업 끝나면 좀 나을 거야."

선유는 애써 부드럽게 말했다.

"오늘 실시간 사연 좀 신경써줘. 현이가 코멘트 잘해줄 만한 걸로. 한 소절 라이브는 당분간 쉬자."

매주 수요일은 1인 방송 콘셉트로 율현 혼자 진행하는 날이었다. 주제는 그때그때 달랐다. 유튜브 채팅창에서 실시간으로 메뉴 추천을 받아 요리를 하기도 하고 즉석에서 친한 연예인에게 영상통화를 걸어 퀴즈 대결을 하기도 했다. 오늘의 테마는 '독파민'으로 잡았다. 아늑한 서재처럼 꾸민 스튜디오에서 조용히 책을 읽다 중간에 ASMR 먹방을 하거나 팬들이 요청하는 미션을 수행하는 구성이었다.

선유는 생방송 스튜디오에 들어섰다. 부스 안 시계는 23시 28분을 가리키고 있었다. 조연출이 유튜브 라이브 채널을 열자 동시접속자 수가 빠르게 올라갔다. 이 정도 추세면 생방 직전에 1만 명은 충분히 넘길 듯했다. 선유의 표정이 그제야 조금 밝아졌다. 최근 시작한 S사 유튜브 채널의 아이돌 프로그램 때문에 영 마음이 놓이지 않았던 터였다. 밤 11시에 시작하는 것도, 율현보다 평균 열 살이 어린 5세대 아이돌을 돌려가며 MC로 세우는 것도 못마땅했다.

"저 방식으론 오래 못 가요. 스케줄 때문에 수급이 안 된다니까."

스튜디오에 들어선 메인 작가가 모니터에 띄워진 S사 채널을 흘끗 보며 말했다. 그 말에 동의를 하면서도 선유는 안심이 되지 않았다. 〈미드나잇 스테이지〉에 비해 동시접속자 수는 절반도 되지 않지만 율현의 방송이 시작돼도 그 숫자가 빠지지 않는다는 게 선유를 거슬리게 했다. 왜 우리 쪽으로 넘어오지 않는 건지, 어떻게 해야 넘어오게 만들 수 있는지 오랫동안 고민했지만 답이 보이지 않았다.

대기실 쪽에서 웅성거리는 소리가 들렸다. 율현이 도착한 모양이었다. 선유가 복도로 나가자 홍 실장이 기다렸다는 듯 다가왔다. 주변을 한번 둘러본 뒤 그는 선유에게 자동차 키를 건네며 속삭였다. 매번 고마워요, 피디님. 현이네 집 비번 기억하시죠? 선유는 작게 고개를 끄덕였다. 율현의 집 현관에 처음 들어섰을 때 선유가 가장 강렬하게 느낀 건 숲 내음이었다. 무성한 나무들 사이로 걸어들어온 것처럼 식물이 내뿜는 청량한 향기와 비 온 뒤의 흙냄새가 코끝에 아른거렸다. 하지만 거실 조명을 켜자 블랙으로 맞춘 가구와 거대한 스크린 외에는 아무것도 보이지 않았다. 화분들은 어디에 있냐고 선유가 묻자 율현은 집 곳곳에 놓인 디퓨저를 가리키며 농담조로 말했다. 나 그런 거 안 키워, 누나. 우리집에 살아 있는 건 나 하나로 족해.

홍 실장이 떠난 뒤에도 선유는 복도 벽에 등을 기댄 채 한동안 서 있었다. 그를 보러 가야 한다는 걸 알면서도 어쩐지 발이 떨어지지 않았다. 선유는 심호흡을 한 뒤 대기실 문을 열었다. 등을 보인 채 소파에 앉아 있던 율현이 몸을 돌렸다.

"왔어요, 누나?"

그는 선유를 보고 환하게 웃었다.

"오늘 좋아 보인다, 현아."

선유는 율현과 눈을 맞추며 입꼬리를 살짝 올렸다. 그에게 다가가며 저 미소를 되찾는 데에 걸린 시간을 속으로 가늠했다.

"피디님, 이렇게 안 하셔도 돼요."

5년 전, 율현은 이렇게 말했다. 선유가 세번째 면회를 간 날이었다. 율현의 군부대 근처 카페에서 그는 제 몫의 팥빙수를 허겁지겁 먹어치운 뒤 오래 침묵했다. 짧은 머리와 메이크업을 하지 않은 민낯 때문인지 그는 활동 때보다 훨씬 앳되어 보였다.

선유는 유리창으로 눈길을 돌렸다. 어지럽게 흩날리는 진눈깨비 때문에 바깥 풍경이 잘 보이지 않았다. 어떻게 답을 해야 할지 단어를 고르고 있을 때 율현이 다시 입을 열었다.

"아시잖아요. 영영 복귀 못 할 수도 있는 거."

그는 이 말을 뱉고 난 뒤 뜨거운 것을 삼킨 듯 가쁘게 숨을 몰아쉬었다. 율현은 카운터로 가서 얼음물을 받아왔다. 제가 몸에 열이 많아서요. 단숨에 물을 들이켠 그는 유리잔을 쥔 손을 가만히 놔두지 못했다. 손끝으로 잔의 표면을 불규

칙하게 두드리자 안에 든 얼음이 달그락 소리를 내며 움찔거렸다. 연한 핑크빛이 도는 그의 단정한 손톱을 곁눈으로 흘끔거리다 선유는 불쑥 입을 열었다.

"없어요. 계산 같은 거."

율현의 손가락이 멈췄다.

"잘 지내나 궁금했고, 마음 쓰여서 온 게 전부예요."

선유는 담담한 톤을 유지하려 애썼다.

서울로 돌아가는 꽉 막힌 고속도로 위에서 선유는 자신의 말을 곱씹었다. 너무 단정적으로 내뱉었나. 하지만 그보다 더 마음이 쓰인 건 율현의 표정이었다. 그는 연습생 시절까지 합하면 이 바닥에서 10년을 버텨낸 아이돌이었다. 마주앉은 상대에 따라 얼굴을 갈아끼우는 게 숨쉬는 것처럼 자연스러운. 하지만 율현은 선유와 마주앉은 네 시간 동안 한번도 소리 내어 웃지 않았다. 가까스로 입꼬리를 올리는 게 전부였다. 복귀에 대한 희망을 깨끗이 지운 얼굴. 어쩌면 다시 무대에 설 가능성을 따져보는 것이 희망을 완전히 거두는 것보다 더 힘든 일일지 몰랐다.

율현이 선유에게 처음으로 웃어 보인 건 그로부터 두 계절이 흐른 뒤였다. 그날은 율현의 일곱번째 데뷔 기념일이었다. 율현은 제이드의 다른 멤버들보다 먼저 방송활동을 시작했다. 아이돌그룹 제이드로는 음악방송이 첫 무대였지만, 개인으로는 시트콤 단역 출연이 첫 데뷔였다. 선유는 면회 1주일

전 성수동의 한 베이커리에 주문 제작 케이크를 예약했다. 시트콤에 나왔던 그의 사진을 넣어 디자인한 것이었다. 케이크 상자를 열어본 율현의 눈가가 살짝 붉어지는 걸 선유는 놓치지 않았다.

"팬들도 첫 음방 날로 챙겨줬었는데…… 누나가 어떻게 안 거예요?"

사실 선유에게는 이런 일이 그다지 어렵지 않았다. 보도국 동기들과 어울리면서 자연스럽게 습득한 스킬이었다. 탐사보도팀 기자 몇과 가진 술자리에서 선유는 '옥바라지 문화'에 대해 처음 들었다. 이른바 얘기되는 정치권 인사가 수감되면 출소 때까지 조를 짜서 '관리'를 한다는 거였다. 조선시대도 아니고 무슨. 선유가 코웃음을 치자 옆자리에 앉은 최가 선유의 잔을 채우며 말했다.

"이 바닥엔 이런 말이 있어. 경찰서 백 번 돌아봤자 내부자 입 하나만 못하다고. 옥바라지가 별거냐. 면회 가서 말동무 좀 해주고 경조사 챙겨주고 그런 거지 뭐."

최는 술잔을 한번에 비우며 덧붙였다.

"재밌는 게 뭔지 알아? 면회 한 번 갈 때마다 나를 대하는 형님들의 눈빛과 말투가 달라진다는 거야."

율현의 제대가 가까워질수록 선유는 더 자주 그를 보러 갔다. 이후의 계획에 대해서는 두 사람 중 누구도 말을 꺼내지 않았다. 마지막 면회를 갔던 날, 선유는 기차 안에서 포털

사이트에 뜬 기사를 읽었다. 이제는 6인 체제가 된 제이드 멤버 전원의 재계약 소식이었다.

생방송 15분 전이었다. 작가들이 대기실을 나가자마자 율현은 소파에 길게 누워 눈을 감았다. 율현과 단둘이 남은 선유는 소파 끄트머리에 걸터앉았다.
"아깐 왜 그랬어?"
"아까? 뭐?"
율현의 어조는 태연했다. 여전히 눈을 감은 채였다.
"얼마나 마셨는데? 혼자 있었어?"
그는 대답하지 않았다. 새하얀 얼굴은 푸르스름한 빛을 띨 정도로 핏기 하나 없었다. 선유는 대기실 캐비닛에서 쇼핑백을 꺼내와 소파 아래에 두었다. 율현은 벌떡 일어나 허리를 세우고 상자 포장을 뜯기 시작했다.
"한국에 몇 병 없는 건데 어떻게 구한 거야, 누나?"
선유는 대답 대신 율현의 충혈된 눈을 바라보며 물었다.
"생방, 할 수 있지?"
선유의 물음에 그는 싱긋 웃으며 선글라스를 꼈다.
"따뜻한 차 좀 챙겨줘? 텀블러는?"
"누나, 내가 애야?"
율현의 목소리는 묘하게 들떠 있었다. 선유는 자리에서 일어나며 당부했다.

"3분 전에는 앉아 있어. 어제처럼 시그널 음악 나올 때 들어오지 말고."

선유는 대기실 문을 닫으며 그를 흘끔 살폈다. 율현은 신기한 장난감을 손에 넣은 아이처럼 위스키병을 이리저리 돌려보고 있었다.

23시 58분. 선유는 막내 작가 한에게 대기실에 가보라고 눈짓을 했다. 한이 자리에서 일어남과 동시에 스튜디오 문이 열렸다. 아름다운 밤이에요. 율현은 뮤지컬 커튼콜 무대에 선 것처럼 한껏 팔을 벌려 스태프들에게 인사했다. 한이 율현의 뒤를 쫓아 부스 안으로 들어갔다. 대본을 챙기는 것부터 채팅창 반응을 체크하는 것까지 카메라앵글 밖의 모든 일이 한의 몫이었다.

"컨디션 좀 올라왔나보네요?"

메인 작가의 말에 음향감독이 오디오를 세팅하며 맞장구 쳤다.

"정신 차려야지. 군대도 갔다 온 놈이."

00시 00분. 시그널 음악과 함께 온에어 사인이 켜졌다. 풀숏으로 잡은 스튜디오 내부가 화면에 비쳤다. 원목 책장과 노란색 조명, 기다란 테이블과 그 위에 쌓아둔 책들. 조연출이 1번 카메라를 줌인했다. 테이블에 놓인 책더미 사이에서 율현이 보이자 채팅창이 빠르게 반응하기 시작했다. *와우 헤메코 기절각. 코디 선생님 이거 받고 뿔테 안경 한번만요. 한밤중*

에 책? 스터디 카페 체험인가요. 요새 유행하는 그거 아니에요? 텍스트힙인가 하는? 나른한 표정으로 책 몇 권을 뒤적이던 율현은 정면에 있는 3번 카메라를 마주보더니 싱긋 웃었다. 조연출이 그 순간을 놓치지 않고 타이트하게 클로즈업숏을 잡았다. 복숭앗빛이 살짝 도는 율현의 통통한 볼에 인디언 보조개가 깊이 파였다.

 -오늘 뭐죠? 3분 만에 5천 명이나 늘었어요!

한이 단체메시지방에 동시접속자 숫자를 캡처해서 올렸다. 조연출이 카메라 컷을 넘기자 율현의 오른손이 화면 절반을 채웠다. 새하얀 손등에 불거진 푸르스름한 핏줄과 곧게 뻗은 긴 손가락이 보였다. 1만 7천 명. 채팅창의 속도가 더 빨라졌다. *역시 배우신 분. 카메라 감독님 계신 쪽으로 108배 올립니다. 저는 오늘 여기 누울게요. 현이 새끼손가락 주름에 끼어 사망하고 싶다.* 카메라는 손을 서서히 줌아웃하더니 율현이 들고 있는 책표지를 비추었다. 불안한 눈을 치켜뜬 여자의 흑백사진이 보인다. 여자는 흰 컵에 담긴 무언가를 마시며 가늘고 긴 눈으로 어딘가를 응시하고 있다. 지난주였나. 오늘 읽을 책 후보 몇 권을 추천했더니 율현은 대뜸 이걸 골랐다.

 -와 사진 대박적. 이 누나 누구예요?

 -누나는 무슨. 최승자 시인 몰라?

 -아, 역시 시인이었구나, 이 누나.

율현은 그날 당장 책을 샀다며 인증 사진을 보내왔다.

저런 거 보면 신기하다니까. 유튜브 화면을 들여다보던 메인 작가가 혼잣말처럼 내뱉었다. 오렌지빛 스탠드 조명 아래에서 율현은 턱을 괸 채 책에 집중해 있었다. 핀마이크에 잡히는 규칙적인 숨소리 외에는 아무것도 들리지 않았다. 그런데도 접속자 수는 빠지지 않았다. 2만 5천 명. 평소 이 시간대보다 오히려 높았다.

"종일 릴스만 보는 애가 꼭 평소에 책 같은 거 읽는 사람처럼 보인단 말이죠. 하긴, 가사 써내는 것도 신통하고."

메인 작가가 가볍게 혀를 차며 말했다.

선유가 율현을 처음 눈여겨보게 된 것도 노랫말 때문이었다. 제이드는 데뷔 5년을 꽉 채웠을 무렵 첫 음악방송 1위를 했다. '중소돌의 반란' '실력파 대기만성의 아이콘'과 같은 수식어가 이들을 따라다녔다. 하지만 선유는 크게 관심을 두지 않았다. 자고 일어나면 새로운 팀이 데뷔했다. 비슷한 실력과 외모를 지닌 아이돌이라면 소속사 파워로 판단하는 게 가장 상식적이고 효율적이었다.

그러니까 그날 퇴근길 차 안에서 제이드의 새 음반을 들은 건 순전히 우연이었다. 방송국을 나오면서 제이드의 매니저를 마주쳤고 마땅히 들을 게 없어 매니저가 준 CD를 플레이한 것뿐이니까. 타이틀곡을 듣고 난 뒤에는 전주를 듣다 마음에 들지 않으면 트랙을 넘겼는데, 그러다 멈춘 게 8번 트랙이었다. 차분한 기타 반주에 맞춰 누군가 낮게 읊조리기 시작했다.

저녁을 먹은 뒤 무덤 사이를 걸었어
무덤 위엔 어둠이 무성한 나무 두 그루

스피커에서 흘러나오는 목소리는 서늘함과 온기를 동시에 품고 있었다. 감정을 절제하면서도 어딘가 휘청이는 듯한 느낌을 주는 음색이었다. 노래가 끝나자 선유는 갓길에 차를 세우고 앨범 속지를 펼쳤다. 〈푸른 저녁의 산책〉이라는 곡의 작사와 보컬에 율현의 이름이 쓰여 있었다.

선유는 운전하는 내내 그 곡을 반복해서 들었다. 집에 도착하자마자 포털사이트에서 율현을 검색했다. 음악방송에 있을 때 제이드의 무대를 심심찮게 봐왔으면서도 피부가 유독 하얀 멤버라는 것 외에 기억나는 게 없었다. 인천 출생. D예대 실용음악과 졸업. 제이드에서 리드보컬 및 작사 담당. 선유는 그날 율현이 가사를 쓴 곡을 모두 찾아 들었다. 다음날에는 팬들이 편집해놓은 그의 방송 출연 영상을 보았다. 율현의 인스타그램과 트위터를 팔로우했다. 유튜브 제이드 채널을 구독하고 멤버들의 일상을 담은 〈메이드 인 제이드〉를 첫 회부터 보기 시작했다.

율현은 낯을 많이 가려 예능프로그램에서는 존재감이 없었지만 멤버들과 있을 때는 완전히 다른 모습을 보였다. 엉뚱하고 애교도 많지만 팀 내 서열은 하위권, 덤벙거리는 성격 때문에 동생들에게 자주 놀림을 받았다. 볼살이 통통하고 눈꼬리가 쳐진 강아지상이라 팬들 사이에서 '눈강쥐'라고 불렸다. 지금 연출하는 힙합 오디션프로그램이 끝나면, 이라고 선유는 생각했다. 어떤 기획에 율현을 써보면 좋을지 머릿속에 리스트를 써나갔다.

  힙합 프로그램의 마지막 녹화를 앞둔 날 선유는 율현의 음주운전 소식을 들었다. 혈중알코올농도 0.04퍼센트. 면허정지 처벌 기준이 0.05에서 0.03으로 바뀐 지 얼마 되지 않은 시기였다. 한 중년 배우의 만취운전 사망사고로 시끄러웠던 때라 율현에 대한 대중의 비난은 예상보다 훨씬 거셌다. 음주운전 이틀 뒤, 소속사는 율현의 제이드 탈퇴와 계약 종료를 공식화했다. 율현은 인스타그램에 자필 사과문을 올렸다. 사과문 말미에는 앞으로 술을 한 잔도 입에 대지 않겠다는 다짐이 적혀 있었다. 석 달 후, 그는 조용히 입대했다.

  00시 47분. 독파민 챌린지는 순조로웠다. 율현은 탁자에 눕다시피 엎드려 책을 읽다가 벌떡 일어나 팝콘을 씹으며 ASMR사운드를 만들었다. 책을 덮고 한동안 멍때리기를 하다 또 어느 때에는 맹렬히 책장을 넘겼다. 채팅창의 반응은 긍정적이었다. *스터디카페 맛집이라고 소문 듣고 왔습니다. 이 컨셉 너무 신박한데요. 방송 틀어놨을 뿐인데 나 왜 숙제 다 한 거임? EBS 콜라보 방송인가여.*

  메인 작가가 실시간 질문을 추려 단체메시지방에 올렸다.

선유는 그중 몇 개를 골라 율현이 읽을 수 있도록 프롬프터에 띄웠다.

-다들 연말에 팬콘 많이 하던데 오빠는 안 해요? 팬싸라도 어케 좀.

-음치 몰카 한번 더 해주심 안 될까요. 그때 넘 재밌었는데.

-야식 메뉴 추천 좀요. 살 안 찌면서 자극적인 걸로요.

-읽고 있는 책 재밌어요? 이유는요? 한 구절 낭독 대기 타봅니다.

-저번 뮤지컬 피케팅 실패한 1인입니다. 다음 공연 계획은 없나요?

율현은 주저 없이 대답을 해나가기 시작했다.

"팬콘서트는 아직 계획 없는데…… 미안해요, 팬콘까진 어려워도 팬미팅은 한번 추진해볼게요. 나도 우리 그대들 얼굴 가까이서 보고 싶으니까. 음치 몰카? 나 그날 진심 미친 듯이 웃었잖아요. 요건 피디님한테 적극적으로 요청해볼게요. 야식 메뉴? 살 안 찌는데 자극적인 거? 신라면 건면? 아니다, 곤약면에 불닭볶음면 소스 비벼 먹으면 어때요? 와 나 천잰가봐. 음, 지금 읽고 있는 건 어떤 시인분이 미국에 살면서 쓴 에세인데요, 재밌어요. 음, 왜 재밌는지는…… 글쎄……"

율현은 골똘히 생각하는 척하다 장난기 어린 톤으로 패스를 외쳤다.

"뮤지컬은 끝난 지 한 달도 안 돼서 지금은 아무 생각이 없긴 해요. 아마 내년에 또 하지 않을까요?"

그는 유튜브 생방송 화면을 보다 키보드를 두드렸다. (디제이 긴급 공지) 저에게 어울릴 만한 뮤지컬 배역 추천해주세요!! 멋있는 걸루!! 율현의 아이디가 등장하자 채팅창의 속도는 급격히 빨라졌다. 율현은 화면을 들여다보며 싱긋 웃었다.

"근데 막공 날 진짜 정신없었다, 그쵸? 하필 내 생일까지 겹쳐서. 막공 뒤풀이 때문에 인스타 라이브 지각한 거 다시 한번 미안해요. 내 가장 소중한 사람들, 기다리게 하고 싶지 않았는데."

선유도 마지막 공연 날을 또렷이 기억하고 있다. 연기도 노래도 실수 없이 해냈지만 이상하게 보는 내내 마음이 놓이지 않았다. 그날 무대 위의 율현은 무언가를 애써 참고 있는 사람처럼 보였다. 공연이 끝나자마자 선유는 대기실을 찾았다. 하지만 축하 인파가 몰린 공간에서 도무지 율현을 찾을 수 없었다. 선유는 홍 실장에게 꽃다발만 건네고 건물 밖으로 나왔다.

지하 주차장 출구와 연결된 후문에는 율현의 퇴근길을 보기 위해 모인 팬들로 가득했다. 늘 무심히 지나쳤었는데 그날은 한번 기다려볼까 싶은 마음이 생겼다. 선유는 무리에서 조금 떨어져 그의 차가 나오기를 기다렸다. 10분쯤 흘렀을까. 눈에 익은 검정색 밴이 모습을 드러냈다. 차는 붉은색 신호에 따라 좁은 횡단보도 앞에 멈춰 섰다. 율현은 천천히 차창을 내리고 팬들을 향해 손을 흔들었다. 무어라 말하는 듯했지만 팬들의 외침에 묻혀 잘 들리지 않았다.

신호가 바뀌어 차가 움직이기 시작했다. 순간 팬 몇 명이 밴 앞으로 불쑥 뛰어들었다. 급브레이크를 밟는 소리와 날카로운 비명이 공기 중에 뒤섞였다. 다행히 아무도 다치지 않았지만 차를 가로막은 이들을 향한 고함과 비난 등으로 소란은 쉬이 잦아들지 않았다. 차창은 어느새 굳게 닫혀 있었다. 선유는 검게 세팅된 창을 주시했다. 언제 올려버린 걸까. 창문은 조금 뒤 다시 반쯤 열렸다. 율현의 얼굴은 물론 귀까지 붉게 달아올라 있었다. 그는 살짝 떨리는 목소리로 두서없이 말했다. 미안해, 놀라게 해서. 정말 미안해, 정말. 율현은 후문을 완전히 벗어날 때까지 팬들을 향해 손을 흔들었다.

유튜브 화면 속 율현은 계속 말을 이었다.

"그날 생일 라이브 끝난 뒤에는 뭐했냐고요? 집에 가서 바로 기절했죠. 한번도 안 깨고 열두 시간 넘게 잤을걸요?"

그날 선유의 우려와 달리 인스타 라이브 속 율현의 얼굴은 평소처럼 밝았다. 강아지 머리띠를 하고 나타난 율현은 자신의 얼굴이 디자인된 3단 케이크 앞에서 환하게 웃었다. 다정한 목소리로 실시간 메시지를 읽고 요즘 유행하는 셀카 포즈를 취했다.

라이브가 끝난 뒤 율현은 홍 실장과 함께 집이 아닌 시청

역 근처 호텔로 향했다. 선유가 그를 기다리고 있었다. 제대 이후 그의 생일 때마다 모여온 멤버였다. 스위트룸에 들어서자마자 율현은 메이크업을 지우지도 않고 소파에 푹 파묻혔다. 케이크에 초를 켜고 선물을 주고받은 뒤 세 사람은 술을 마시기 시작했다. 선유가 퇴근길 해프닝을 봤다고 하자 홍 실장이 고개를 내저었다.

"말도 마세요. 브레이크에 발 올리고 있었으니 망정이지. 까딱해서 누가 넘어지기라도 했어봐요."

한 달 치 액땜했다고 치세요. 선유는 홍 실장의 잔을 채우며 그를 위로했다. 율현은 별말 없이 술잔을 비웠다.

창밖이 어슴푸레하게 밝아올 때쯤 홍 실장은 방으로 들어갔다. 선유도 눈이 감겨왔지만 율현을 혼자 두고 자리를 비우고 싶지 않았다. 전기포트에 물을 끓여 홍차를 우렸다. 율현은 뿌연 창 너머 어딘가를 응시하고 있었다. 선유가 차를 권하자 그는 괜찮다고 말했다. 테이블 위에 놓인 위스키를 한 모금 마신 뒤 그는 입을 열었다.

"누나, 어젠 거기 왜 서 있었어?"

"그냥, 어쩌다보니. 너도 많이 놀랐지?"

"아니. 근데 아마…… 내가 운전석에 앉아 있었다면."

율현은 그렇게 말한 뒤 숨을 들이쉬었다. 선유는 입김으로 뜨거운 찻물을 식히며 그의 다음 말을 기다렸다.

"…… 브레이크 대신 액셀을 밟았을 거야."

선유는 고개를 들어 율현을 마주보았다. 술을 꽤 마셨는데도 여전히 창백한 하얀 뺨과 길고 풍성한 속눈썹, 눈동자 가장자리까지 붉게 점령한, 핏발로 뒤덮인 흰자위를.

"너, 쉬어야 돼."

선유의 말에 율현은 피식 웃었다.

"누나, 이제 몇 년이나 남았을 것 같아?"

그의 음성은 또렷했다. 율현은 선유의 대답을 기다리지 않고 다시 입을 열었다.

"아직 솔로 정규앨범 한 장 없고 계약은 내년에 끝나. 회사는 더이상 내게 돈을 쓰지 않아. 나한테, 어떤 선택지가 있을 것 같아?"

스튜디오의 시계는 01시 15분을 가리켰다. 실시간 Q&A가 끝나자 동시접속자 수가 감소하기 시작했다. 조연출이 접속자 추이를 보여주는 그래프를 모니터에 띄웠다. 초반에 급격히 오른 만큼 꺾이는 속도도 평소보다 가팔라 보였다.

선유는 유튜브 화면을 주시했다. 율현은 텀블러에 담긴 음료를 홀짝이며 한가롭게 책장을 넘겼다. 막내 작가 한에게 메시지를 보냈다.

—부스 안 조도 좀 낮춰주고 클로징 전에 해볼 만한 게 있을지 살펴봐줘.

테이블 위 스탠드 조명을 조절하는 한의 손이 화면에 살짝 잡혔다가 빠졌다. 잠시 후 한이 문자메시지를 보내왔다.

-근데 피디님, 형이 마시는 게 뭔지 아세요? 냄새가 좀…… 설마 술은 아니겠죠?

한이 보낸 사진이 곧이어 도착했다. 텀블러의 뚜껑은 열려 있었다. 선유는 이미지를 클릭해서 본 뒤 한에게 실시간 방송 화면 몇 장을 캡처해달라고 부탁했다.

핸드폰에서 다시 진동이 느껴졌다. 메일 수신 알림음이었다. AI가 지난 1주일간 타 채널과 비교 분석한 프로그램 시청 보고서가 도착했을 것이다. 선유는 전날 국장이 했던 얘기를 곱씹었다. 〈미드나잇 스테이지〉에 붙었던 광고가 큰 폭으로 줄었다고, 이 상태에서 반등을 이뤄내지 못하면 길어도 서너 달 이상은 시간을 줄 수 없다고 그는 말했다. 국장의 책상에는 후배들이 낸 기획안이 쌓여 있었다.

AI 보고서는 프로그램의 하락세가 석 달 전부터 유의미하게 감지되었다는 분석을 반복적으로 내놓고 있었다. 하락의 주요 요인은 율현의 열애설 이슈였다. 그가 전 걸 그룹 멤버 C와 사귄다는 기사가 한 연예뉴스 매체 단독으로 보도됐고 양쪽 소속사 모두 발 빠르게 이를 부인했다. 기사가 나간 날, 생방송 내내 유튜브 채팅창은 한 줄의 메시지로 뒤덮였다.

우리는 너의 ATM이 아니다

그날 밤, 선유는 퇴근 후 인스타그램에 접속했다. 율현의 계정에 들어가 그가 팔로우하는 모든 이의 계정과 피드를 살폈다. 최근 몇 달 동안 율현이 올린 게시글과 사진을 다시 꼼꼼히 살피고 댓글 단 이들의 아이디를 전부 뽑아 검색을 돌렸다. 그중 C의 것으로 추정되는 계정을 따로 갈무리했다.

소속사의 입장 발표 이후 다행히 추가 보도는 나오지 않았다. 한 톱스타 배우 커플의 이혼 소식이 주말 사이 터지면서 율현의 뉴스는 금세 묻혔다. 하지만 선유는 탐색을 멈추지 않았다. 생방송을 마치고 퇴근한 새벽이면 식탁에 앉아 인스타그램을 열었다. C의 것으로 의심되는 계정에 가장 먼저 접속했다. 게시물의 대부분은 숲이나 호수를 담은 풍경 사진이었고 나무나 풀을 클로즈업한 것도 많았다. 드물게 올려둔 집 내부 사진 또한 천장에 닿을 만큼 키가 큰 나무부터 아기 주먹만한 다육이까지 다양한 식물로 채워져 있었다. 선유는 해당 계정의 피드에 새롭게 달린 '좋아요'와 댓글, 계정주가 팔로우하는 이들의 흔적까지 모두 확인한 뒤에야 침대로 기어들어갔다.

열애설이 보도되고 2주가량 지났을 무렵, 선유는 아이돌 채팅 앱 〈톡투유〉에 접속했다. 구독료를 내면 좋아하는 아이돌 스타와 1 대 1 메시지를 주고받을 수 있는 플랫폼이었다. 구독 목록 맨 위에 있던 율현의 이름을 찾을 수 없었다. 오류인가 싶어 앱을 종료했다 다시 열어도 마찬가지였다. 공지 사항을 클릭하니 '아티스트 율현과의 계약이 종료되었다'는 짧은 게시글이 올라와 있었다. 율현에게 직접 듣지 못한 뉴스가 보름 새 하나 더 늘었다. 어쩌면 하나가 아닐 수도 있을 터였다.

"〈율현의 미드나잇 스테이지〉 이제 문 닫을 시간입니다. 우리, 꿈속에서 만나요."

마지막 멘트와 함께 온에어 사인이 꺼졌다. 유튜브 스트리밍이 종료되었다. 수고했다는 인사와 함께 스튜디오 안은 뒷정리로 분주해졌다. 대기실에 가 있을게요. 율현은 선유에게 다가와 작게 속삭였다.

선유는 마지막까지 스튜디오에 남아 천천히 원고와 큐시트를 정리했다. 10분 뒤 대기실로 찾아갔을 때 방안에는 아무도 없었다. 율현이 화장실에라도 간 모양인지 그의 은색 텀블러만 테이블 위에 덩그러니 놓여 있었다. 선유는 텀블러를 집어 뚜껑을 열었다. 안에는 아무것도 담겨 있지 않았다. 방금 헹궜는지 텀블러 바닥과 내벽에는 물기가 맺혀 있었다. 선유는 뚜껑을 닫고 텀블러를 제자리에 두었다. 그 옆에 자동차 키를 올려두고 대기실을 나왔다. 엘리베이터를 타고 사무실로 올라갈 때까지 아무도 마주치지 않았다.

사무실의 불은 모두 꺼져 있었다. 선유는 조명을 켜지 않고 자신의 자리로 향했다. 책상 위 스탠드 램프의 방향을 창가 쪽으로 돌렸다. 창밖으로 보이는 주차장은 텅 비어 있었다.

잠시 후 익숙한 실루엣이 주차장에 모습을 드러냈다. 큰 키에 호리호리한 몸, 머리를 살짝 흔들며 리듬을 타듯 걷는, 눈에 익은 뒷모습이었다. 선유는 핸드폰 카메라를 켜서 창에 바짝 붙였다. 녹화 버튼을 눌렀다. 그가 차에 올라타 시동을 걸고 주차장을 빠져나가는 것까지 영상에 담았다. 메시지 앱에서 막내 작가가 캡처해 보내준 방송 화면을 다운받았다. 텀블러가 잘 보이는 이미지 몇 장을 따로 갈무리했다. 그런 다음 유튜브 앱에 접속했다. '탈덕중개소' 채널에 들어가 제보 메일 주소를 복사해 메모장에 옮겼다.

선유는 뜨거운 물 한잔을 받아와 자리에 앉았다. 노트북을 열었다. 머그컵을 감싸쥔 두 손이 뜨끈해졌다. 지난주, 율현은 인스타그램에 오랜만에 새 피드를 올렸다. 파자마 차림으로 소파에 앉아 찍은 셀카였다. 선유는 버릇처럼 사진을 확대해 보다 소파 근처 테이블에서 무언가를 발견했다. 고무나무처럼 보이는 노란색 화분이었다. 어딘가 눈에 익었다. 선유는 새벽마다 살펴보는 계정 중 한 곳에서 그걸 본 적이 있다는 걸 기억해냈다.

컵 안의 물은 마시기 좋은 온도로 식어 있었다. 선유는 물을 마시며 지금부터 하려는 일이 법적, 윤리적으로 문제가 있는지 차분히 점검하기 시작했다. 아무리 생각해도 이 모든 일은 율현을 위한 것이었다. 그에게 제기된 의혹은 팩트 확인이 불가능해 결론을 내지 못한 채 흐지부지되고 말 것이다. 증거가 충분하지 않으니 음주운전으로 처벌받을 일도 없을 것이다. 그러면서 논란으로 인한 휴식기를 가질 수 있을 것이다.

되는 얘기 115

그의 이름이 SNS에 오르내리면 유튜브의 지난 프로그램 영상들의 조회수가 덩달아 오를 것이다. AI 보고서의 전망과 국장의 판단도 달라질 것이다.

무엇보다 율현은 선유에게 미안해할 것이다. 선유는 그에게 다시 손을 내밀 것이다. 그를 전보다 더 살뜰히 챙길 것이다. 이 정도면 얘기가 된다고, 선유는 생각했다.

북해서가

지난밤만 해도 예감이 괜찮았다. 뭐가 들었길래 짐이 이렇게 무겁냐는 공항택시 기사의 질문에 시체는 아니니 걱정 마시라고 농담할 여유가 있었으니까. 시립체육관 입구에 걸린 전광판을 올려다보았다. 오후 2시 현재 제주 독립출판 북페어의 누적 입장객 수는 514명. 그중 내 부스 앞에 멈춰 선 사람은 열아홉, 책을 들춰본 이는 다섯 명이었다.

이번에 새로 장만한 캐리어는 특별히 내부 방수가 잘되는 것으로 골랐다. 빈 공간에 우도땅콩막걸리를 가득 채워 돌아갈 계획이었다. 하지만 효모처럼 부풀어오르던 희망은 개장 세 시간 만에 폭삭 꺼져버렸다. 목이 탔다. 바닥에 내려놓은 텀블러를 집으려다 손등으로 도리어 그걸 치고 말았다. 감귤

주스가 테이블보 밑으로 번져나왔다. 수습할 것을 찾아 배낭을 뒤지는 사이 바닥에 닿은 흰 천의 끝자락이 노랗게 물들어갔다. 북페어 홍보물로 주스를 대충 훔치고 의자에 앉았다. 그새 전광판 숫자는 539로 바뀌어 있었다. 내 책은 한 권도 팔리지 않았다.

나는 손바닥만한 블랙보드에 써둔 책 제목을 지우고 그 자리에 '책갈피 & 스티커 FREE'라고 큼직하게 썼다. 몇몇이 지나가다 걸음을 멈추었다. 양 갈래로 머리를 땋은 아이가 다가와 스티커를 만지작거렸다. 아이의 엄마인 듯한 여자가 내게 무슨 내용의 책이냐고 물었다.

"남편이랑 별거중에 썼던 에세이를 모은 건데요……"
"엄마, 별거가 뭐야?"

아이가 여자에게 묻자 여자의 얼굴색이 미묘하게 변했다. 나는 주머니에서 사탕을 꺼내 아이의 손에 쥐여주었다.

"잘 가, 우리 또 보자."

스티커와 책갈피를 가져가는 손길조차 뜸해지자 자포자기를 넘어 후회가 몰려왔다. 책 표지에 바이러스가 묻어 있는 것도 아닌데 사람들은 왜 펼쳐보지도 않는 걸까. 책을 팔아 큰돈을 벌겠다는 야망은 애초에 없었다. 세상 어딘가에 있을 내 글의 독자를 직접 만나고 싶을 뿐이었다. 문화센터 선생님의 감상평으로는 채워지지 않는 허기를 메워줄 미지의 얼굴들. 그들에게 정성껏 사인을 해주고 이야기를 나누는 장면을 상상했다. 그렇게 소소하지만 충만한 하루를 보내며 항공료와 게스트하우스 숙박비 정도만 벌면 충분하겠다 싶었다. 그게 그렇게 큰 욕심은 아니지 않나.

목표를 수정했다. 저녁 한끼와 맥줏값만 벌자. 체육관으로 오는 길에 눈여겨봐둔 덴돈집이 떠올랐다. 에비덴돈과 생맥주 세트가 1만 8천 원이었지, 아마. 맥주 한 잔을 더 마신다고 해도 3만 원은 넘지 않을 것이다. 세 권만 팔면 된다, 세 권 만. 가볍게 생각하자. 하지만 '안녕하세요'와 '안녕히 가세요'를 소득 없이 외치며 쪼그라든 마음은 구겨진 전단지처럼 쉽게 펴지지 않았다.

책을 들춰본 일곱번째 손님은 내 또래 여자였다. 목에 걸린 북페어 참가자 카드를 보고 나는 그녀를 잠재적 고객에서 제외했다. 여자는 샘플북을 한참 뒤적이더니 내게 말을 걸었다.

"처음 나오셨나봐요?"

기분이 상했다. 어디서 그런 티가 나는 걸까. 나는 대답 없이 살짝 웃어 보이며 흐트러진 책갈피를 정리했다.

"한 권 주세요. 사인도 해주실 거죠?"

여자는 내 눈앞에 책을 불쑥 내밀며 말했다.

나는 멍하니 그녀를 올려다보았다. 어디서 봤더라. 낯이 익었지만 기억이 나지 않았다. 나는 황급히 가방을 뒤져 만년필 한 자루를 찾아냈다.

"저, 성함이……?"

"한지운이요."

다시 고개를 들어 그녀의 얼굴을 찬찬히 살펴보았다. 지운은 눈을 찡긋했다.

"이제 알았냐? 눈썰미 없는 건 여전하네."

지운은 자리를 뜨면서 내게 명함을 건넸다.

"B열 55번 부스야. 이따 놀러 와."

명함에는 이름도 연락처도 없었다. 검정 바탕에 흰색으로 북해서가(踣嗨書家), 단 네 글자만 쓰여 있을 뿐이었다. 이런 게 힙하다는 건가. 울적함이 몰려왔다. 갑자기 이열횡대로 각 맞춘 테이블 세팅이 판매 부진의 원흉처럼 느껴졌다. 나는 책들을 전부 모아 가운데에 나선계단식으로 쌓아올렸다. 두 걸음 떨어져서 보니 책더미가 회오리감자처럼 보였다. 다시 계단을 해체하고 칼각을 맞춰 책을 늘어놓았다. 책갈피와 스티커를 전진 배치했다. 그래도 기분은 나아지지 않았다.

지운은 자작나무처럼 희고 가느다란 아이였다. 6학년 첫 월말고사를 치고 났을 즈음 서울에서 전학을 왔다. 얼룩 하나 없는 상아색 책가방, 과목별로 분절해 마분지로 커버를 만든 표준전과, 높이를 맞춰 견출지를 붙인 연필들. 나는 지운의 학용품을 훔쳐보며 단정함이라는 단어가 의미하는 바를 처음으로 이해했다. 내 이름에서 획 하나를 덜어냈을 뿐인데 그 애의 이름에는 세련된 중성미가 있었다. 나는 흔하디흔한 성을 물려준 아빠와 때가 탄다며 옅은 색 물건은 쳐다보지도 못하게 한 엄마를 원망했다. 그중에서도 가장 부러웠던 건 지운이 쓰는 서울 말씨였다. 국어시간, 선생님은 모음 '애'와 '에'의 발음 차이를 설명하다 지운을 일으켜세웠다.

"자, 이거를 구분해서 발음할 수 있는 학생은 지우이뿐이다. 잘 들어래이."

지운은 얼굴을 조금 붉혔지만 이내 예의 단정한 톤으로 또박또박 '애'와 '에'를 발음했다. 도대체 무슨 차이인 거지? 내 귀엔 그게 그거였지만 아이들은 환호하며 박수를 쳤다. 그해 여름방학에 엄마는 나를 인천 이모 집에 맡겼다. 개학 첫날, 나는 지운에게 말을 걸었다.

"나도 이제 '애'와 '에' 발음할 수 있어. 국어책 이까지 다 뗐다고."

지운은 코웃음을 치며 대꾸했다.

"이까지가 아니라 여기까지야. 이는 머리에 생기는 거고."

지운이 떠난 뒤 5분도 채 되지 않아 한 권이 더 팔렸다. 팔뚝에 토끼 타투를 한 아저씨가 두번째 손님이었다. 목표를 달성할 수 있겠다는 안도감이 들자 그제야 행사장을 둘러볼 마음이 생겼다. 나는 입구에서부터 찬찬히 테이블을 훑어보았다. 그리고 내 부스가 한적한 이유를 알아차렸다. 이 행사의 공식 명칭은 '독립출판 아트 북페어'였다. 내 부스엔 '아트'가 없었다. 시각적 포인트, 하다못해 사진엽서 하나 없는 곳은 내 테이블이 유일했다. 앤디 워홀 선생님이 살아 돌아와도 이건 살릴 수 없겠다 싶었다.

B열로 들어서자 유독 사람들이 많이 몰려 있는 곳이 보였다. 55번, 지운의 부스였다. 벽에 붙은 큼지막한 포스터가 눈에 들어왔다. 흰 눈이 엷게 덮인 해변에 낡은 책장 하나가 서 있는 풍경이었다. 포스터 아래에는 'north sea bookshelves'라고 적혀 있었다. 명함에서 본 한자가 저 뜻이었나? 고개를 갸우뚱하다 지운에게로 시선을 돌렸다. 지운은 어깨가 구부정한 청년과 이야기를 나누고 있었다. 청년은 심각한 얼굴로 지운과 한참 대화를 하더니 책 두 권과 손뜨개로 만든 동백꽃 책갈피를 구입했다. 청년의 손에 들린 책은 『파산생활자』였다. 열 권쯤 팔렸을까. 그제야 나를 발견한 지운은 옆에서 뜨개질을 하던 남자에게 나를 소개했다.

"초등 때 친구 지윤, 여기서 우연히 만났어."

그는 자신을 지운의 파트너라고 소개했다. 목이 길고 검은 눈동자가 유난히 컸다. 나는 쭈뼛거리며 목례를 한 뒤 자리로 돌아왔다. D열 28번은 여전히 고요했다. 달의 척력이라도 작용하는 걸까. 한 치의 흐트러짐도 없이 놓여 있는 책들을 보니 괜히 섭섭한 마음이 들었다. 어떻게 훔쳐가는 사람도 없네.

에비덴돈은 예상보다 훌륭했다. 새우는 튀김옷이 아삭하게 살아 있었고 유자 베이스의 소스도 조화로웠다. 지운의 파트너에게 이름을 묻자 그는 머리에 쓴 뜨개 모자를 가리키며 골무라고 불러달라고 했다. 모자가 예쁘다고 했더니 그의 표정이 밝아졌다. 취미가 뜨개질이라고, 명상하듯 만다라를 뜨다보니 이런 걸 만들게 되었다고 그는 설명했다. 저녁을 먹은 뒤 지운과 나는 맥주를, 지운의 파트너는 무알콜 하이볼을 추가로 주문했다.

"어떻게 그렇게 책을 잘 팔아?"

나는 지운에게 물었다.

"재미로 관상 공부 좀 했어."

"요새는 관상 선생님이 책 파는 법도 가르쳐주니?"

"우리나라 점집이 괜히 정신과 대용이겠냐."

지운은 웃으며 잔을 부딪쳐왔다. 이제야 긴장이 풀리는지 팔다리가 쑤시기 시작했다. 겨우 한나절 부스를 지키고 있었을 뿐인데 온몸이 녹아내리는 것 같았다. 나는 어쩌다 여기까지 온 걸까. 별거와 조정, 퇴사 기념으로 신청한 글쓰기 강좌와 6주 완성 독립출판 수업, 제주 북페어, 그리고 27년 만에 만난 초등학교 동창이라니. 게다가 그 동창은 애증의 단짝, 한지운이다. 그동안 막연히 그려왔던 모습과 너무 다른 지운.

내가 상상한 마흔 무렵 그 애의 삶은 이런 것이었다. 글로벌 NGO의 전임활동가 혹은 대기업 사회공헌팀 팀장, 인문학을 전공한 대학교수 남편과 초등대안학교에 다니는 딸(아들 아니고 딸이어야 했다!), 부모님에게 물려받은 부암동의 작은 주택, 주 3회 유기농 비건 식재료 정기배송, 주 2회 소매틱스 개인 레슨……. '강남 3구'에 못 들어간 게 아니라 '안' 들어간, 가치지향적인 라이프스타일 속에 부의 향기가 은은하게 스며 있는 생활. 화장품 이것저것 안 발라도 자연스레 속광이 배어나는 피부처럼 말이다.

하지만 내 눈앞의 지운은 이 모든 클리셰를 거스르는, 중년으로 접어든 희고 통통한 자작나무였다. 잉크가 번진 푸른색 타투를 손목에 새긴 채 반쯤 남은 맥주를 단숨에 비워내는 지운. 뜨개질이 취미인 파트너를 둔, 『파산생활자』의 저자 지운. 목포에서 배를 타고 제주로 넘어온 북페어 판매왕 지운. 이야기를 한참 듣다보니 어딘지 모르게 아득한 기분이 들었다. 항해를 하면 할수록 목적지와 멀어지는, 방향타가 망가진 배에 몸을 싣고 바다 한가운데에 떠 있는 것처럼. 벌써 취한 건가. 나는 술을 마시다 말고 테이블 아래 두 발을 내려다보았다.

"다음엔 어디로 갈 거야?"

지운이 내게 물었다. 멍한 표정으로 그녀를 쳐다보자 지운은 두세 달 앞으로 다가온 도서전 이름들을 죽 늘어놓았다.

"북페어가 그렇게나 많아?"

"지자체마다 축제 못 해서 난리잖아."

지운은 눈을 반짝이며 목소리를 낮췄다. 그녀는 계절마다 어떤 축제들이 열리는지, 행사별 예산과 규모는 어느 정도인지 완전히 꿰고 있었다. 공무원들이 가장 좋아하는 게 '스토리'와 '아트'라고 지운은 강조했다. 북페어야말로 이 두 가지를 모두 충족하는 최적의 행사였다.

식당을 나서자 벚꽃 잎이 진눈깨비처럼 흩날리고 있었다. 골무의 차는 구형 은색(이라고 하기에는 광채가 모두 사라진) 프라이드였다. 좌측 헤드라이트 덮개가 깨져 있었지만 나는 아무 말도 하지 않았다. 골무는 섬세한 손길로 앞유리창에 쌓인 꽃잎을 그러모았다. 그러고는 쓰고 있던 모자를 벗어 소복이 쌓인 연분홍 꽃잎들을 그 안에 쓸어 담았다. 지운은 골무에게서 꽃잎 모자를 넘겨받아 뒷좌석의 책더미 위에 올려두었다.

지운과 헤어지기 전, 나는 줄곧 참아왔던 질문을 꺼냈다.
"근데, 너 오늘 얼마 벌었어?"
지운은 내게 귓속말로 92만 원, 이라고 말했다. 책 팔아서는 밥도 못 먹고 산다고 한 사람 누구였지. 지운은 다음 북페어에서 만나게 되면 비법을 알려주겠다며 차를 타고 사라졌다.

*

골무의 프라이드를 다시 본 건 석 달 뒤 경주에서였다. 이직한 회사에서 맡은 첫 프로젝트가 문화재 굿즈 마케팅이었다. 국립경주박물관과는 협약이 거의 마무리된 터라 팀장은 나 혼자 경주로 내려보냈다. 오픈 시간 전인데도 박물관 마당은 사람들로 북적였다. 고풍스러운 석조 건물 주변에 흰 천막들을 세우고 있었다. 미팅에 나온 학예사에게 오늘 무슨 행사가 있는 거냐고 물었다. 그는 내게 '경주 퍼블리셔스 페어'를 모르냐고 반문했다. 처음 들어본 이름이었다. '언리미티드 에디션'에 버금가는, 한강 이남에서 가장 큰 독립출판 도서전이라고 설명하는 그의 목소리에는 자부심이 배어 있었다.

미팅이 끝난 뒤 나는 박물관 앞뜰에 세운 천막들을 기웃거렸다. 건물 주변을 한 바퀴 돌았는데도 지운은 보이지 않았다. 제주에서 헤어질 때, 바로 연락을 주겠다는 지운의 말을 믿고 그녀에게 내 핸드폰 번호만 넘겨준 게 후회가 되었다. 포기하고 밖으로 나와 택시를 잡으려는데 건너편 길가에 낯익은 은색 차가 보였다. 나는 다시 박물관으로 들어가 부스들을 하나하나 꼼꼼히 살폈다. 그리고 별관 뒤편 구석, 해가 잘 들지 않는 공터에서 북해서가를 발견했다. 철 지난 해수욕장에 버려진 파라솔처럼 메인 행사장과 동떨어져 있었지만 책 판매 상황은 전혀 고독해 보이지 않았다. 테이블 주변에 다닥다닥 모여 서 있는 사람들을 비집고 들어서자 지운과 골무가 보였다. 나를 발견한 지운의 얼굴이 환해졌다.

지운이 데려간 카페는 이른바 '왕릉 뷰'로 유명한 곳이었다. 오션 뷰, 마운틴 뷰, 노을 뷰, 일출 뷰, 논밭 뷰 등등 많은 전망을 봐왔지만 '무덤 뷰'는 처음이었다. 지운은 내게 책 한 권을 내밀었다. 짙은 초록색의 표지에는 단정한 명조체로 『개방형 정신병동 라이프』라고 쓰여 있었다.

"나름 따끈한 신간이야. 독립서점들에는 넣었지만 북페어에선 처음 파는 거거든."

"이것도…… 소설이야?"

"이것도, 라니? 내 책은 다 논픽션인데?"

지운은 직접 경험한 일이 아니면 쓰지 않는다고 자부심이 묻어나는 목소리로 말했다. 제주에서 보았던 책의 제목이 떠올랐다. 머리가 복잡해졌다. 대화를 이어갈 적절한 멘트가 떠오르지 않아 서문을 읽는 척하며 커피를 마셨다. 7천 원짜리 아메리카노에서는 탄맛이 강하게 올라왔다. 컵을 절반쯤 비운 뒤 나는 입을 열었다.

"나도 공황장애로 한때 엄청 고생했었어. 약도 먹었었고."

내 병은 '한때'라는 부사와 어울리지 않는, 완치 시점을 가늠할 수 없는 현재진행형이지만 나는 그렇게 말했다. 파우치에 비상약을 넣고 다닌 지도 1년이 다 되어갔다. 이유 없이 하루에도 몇 번씩 심장이 빨리 뛰길래 처음에는 부정맥인 줄로만 알았다. 심장내과 전문의는 최근 일상에 갑작스러운 변화가 있었냐고 내게 물었다. 나는 잠시 머뭇거리다 이내 고개를 저었다. 남편과 말을 하지 않은 지 반년이 넘은 시점이었지만 그건 느닷없는 사건이 아니라 화분의 식물이 말라가듯 아주 서서히 진행된 일이었다. 정신과 진료를 권하는 의사에게 나는 좀더 견뎌보겠다고 했다. 남편이 곧 집을 떠날 예정이었고 스트레스 요인이 사라지면 괜찮아질 거라고 믿었다. 그 증상이 마음에서 비롯되었다면 그래야 마땅했다. 하지만 별거 2주 만에 나는 과호흡으로 응급실에 달려갔다. 정말 힘들었던 시기는 다 지나갔는데 왜 이제야 증세가 나타나는 거냐고 따지듯 묻자 의사가 말했다. 월남전 파병 군인이 평생 멀쩡하게 잘 살다 80대에 자살하기도 한다고.

"공황 그거 되게 귀찮지? 난 거기에 우울, 신체화, 강박장애까지 왔었어."

지운은 신라왕의 연대기를 읊듯 가볍고 단조로운 톤으로 말했다. 간신히 용기 내 솔직해졌는데 또다시 할말이 없었다. 나는 사인을 해달라며 지운에게 책을 건넸다.

"뭐라고 써줄까?"

"음…… 아무거나, 네가 원하는 거."

지운은 잠시 고민하더니 무언가를 그려나갔다. 그가 돌려준 책엔 귀여운 왕릉과 그 위에 앉아 있는 소녀 둘이 그려져 있었다.

"저기 꼭대기, 올라가보고 싶었거든. 영화에선 주인공들이 잘만 앉아 있던데 어젯밤에 가보니까 감시가 엄청 심하더라고."

"우린 박해일이랑 신민아가 아니잖아."

지운은 내 말에 웃음을 터뜨렸다.

"그래서 말인데, 너 오후에 알바 좀 할래?"

밤보다 낮이 차라리 감시가 덜한 것 같다며 지운은 왕릉 등반 계획을 털어놓았다. 골무 혼자 부스 지킬 걸 생각하니 조금 불안했다고, 최저 시급 두 배에 주류 포함 저녁까지 제공하겠다고 그녀는 제안했다. 잠시 머뭇거리다 고개를 끄덕이자 지운은 반가워하며 말했다.

"골무가 말주변은 없지만 책은 또 곧잘 팔아. 넌 옆에서 계산과 포장만 도와주면 돼."

사실 지운이 알바 이야기를 꺼낼 때부터 마음은 이미 기울어 있었다. 하루 매출 92만 원의 비밀이 여전히 궁금했다. 살면서 언젠가 또 책 같은 걸 팔게 될 수도 있지 않을까. 나는 지운에게 북해서가, 네 글자가 적힌 셀러 목걸이를 건네받았다.

오후가 되자 여름볕이 더 따가웠다. 부스는 한적했다. 골무는 달빛이 환한 밤의 해변 포스터를 벽에 붙이고 있었다. 오렌지색 뜨개 모자를 쓴 그에게 덥지 않냐고 물었다. 그는 여름용 뜨개실로 특별 제작한 거라며 이걸 쓰면 체온이 2도가량 내려가는 효과가 있다고 말했다. 모자 사이로 삐죽 나온, 땀에 젖은 머리칼을 나는 굳이 지적하지 않았다.

우리는 말없이 매대 정리를 했다. 이번에 지운과 골무가 가져온 책은 총 네 종이었다. 골무는 우선 『파산생활자』와 『개방형 정신병동 라이프』를 중앙에 배치했다. 나머지 두 권, 『이혼 세 번 하면 어떻게 되냐고요』와 『공인중개사 시험에 합격하고 전세사기를 당했다』의 위치를 놓고 골무는 꽤 오래 고민했다. 여러 번의 시도 끝에 파산 옆에는 이혼이, 정신병동 옆에는 전세사기가 낙점되었다. 그는 북스탠드를 병풍처럼 지그재그로 놓아 책표지가 좌우에서 모두 잘 보이게 배치했다. 그 앞에는 무료로 나눠주는 엽서와 골무의 손뜨개 범종 키링이 놓였다. 테이블 세팅을 끝내고 한숨 돌리던 차에 그가 물었다.

"하지만 모자의 효능과 상관없이 제 모습이 타인의 눈에 더워 보인다면, 그래서 결국 그의 마음을 쓰이게 한다면 아무래도 벗는 게 나을까요?"

그의 크고 검은 눈동자가 부담스럽게 빛났다.

"아니 그걸 지금까지 생각했어요?"

그의 대답을 듣기도 전에 한 무리의 손님이 들이닥쳤다. 보라색 티셔츠를 맞춰 입은 중년 남녀들이었다. 한 여성이 북스탠드에서 이혼을 집어들더니 한참을 뒤적였다. 혹시 작가님, 하고 그녀는 내게 말을 걸었다.

"접니다."

골무는 잽싸게 끼어들어 그 여성과 눈을 맞추며 미소를 지었다.

"정말 이혼 세 번……?"

"그렇습니다."

골무는 담담한 말투로 지난 15년의 혼인사를 설명하기 시작했다. 대학 졸업과 동시에 했던 첫 결혼과 부모님의 권유로 일사천리로 진행된 두번째 결혼, 그리고 3년 전에 끝난, 가장 치열하고 격정적이었던 세번째 결혼까지, 신파가 한 스푼도 섞이지 않은 깔끔한 브리핑이었다. 골무는 자신의 경험 데이터를 바탕으로 제작한 『MBTI 유형별 결혼—이혼방정식』도 별책부록으로 드린다고 덧붙였다. 그래서 책 결론이 뭐요? 무리 중 누군가가 물었다. 무례함이 묻어나는 말투였다. 하지만 골무는 평온한 미소를 유지한 채 입을 열었다.

"부모님이 첫 결혼 때 사주신 아파트가 위자료로 사라졌고요. 원룸에서 담백한 미니멀 라이프를 구현하며 살고 있습니다."

질문을 했던 여성의 얼굴에 기쁜 건지 슬픈 건지 알 수 없는 묘한 표정이 떠올랐다. 그녀는 이혼과 정신병동을 각각 한 권씩 구입했다. 골무가 별책부록과 함께 서비스라며 사진엽서와 뜨개 책갈피까지 챙겨주자 그녀 옆에 서 있던 두 사람도 이혼과 전세사기를 집어들었다.

보라색 티셔츠 손님들은 책 여섯 권과 범종 키링 세 개를 들고 떠났다. 그들이 사라지자마자 옆 부스를 구경하던 20대 커플이 넘어왔다. 골무가 엽서와 책갈피 등을 챙겨주는 동안 나는 장부에 판매 부수를 기록해나갔다. 몇 분 지나지 않아 파산 세 권, 범종 두 개가 팔렸다.

매대 위에 올려둔 책이 거의 다 바닥났을 즈음 골무는 텀블러 하나를 내게 건넸다. 북페어 참가자들에게 무료로 커피를 나눠주는 시간이라고 했다. 본관 옆 천막에는 벌써 긴 줄이 늘어서 있었다. 우리는 거대한 드리퍼에 12인분의 커피를 내리는 바리스타를 구경했다. 볕은 여전히 강했지만 바람 덕에 더위가 조금 누그러지는 듯했다. 골무와 나는 커피를 받아 들고 박물관 뒷마당으로 갔다. 그늘이 드리운 돌계단에 다리를 쭉 뻗고 앉아 우리는 말없이 커피를 마셨다.

"애기야. 이리 와."

골무가 갑자기 앵앵거리는 목소리로 '애기'를 불렀다. 마당 한편에 늘어선 동자승 석상들 사이로 덩치가 큰 검은 고양이가 느릿느릿 걸어가고 있었다. 골무는 두 팔을 벌린 채 홀린 듯 석상 쪽으로 걸어갔다. 애교 섞인 말투로 연신 '애기야'를 외쳤지만 고양이는 그에게 눈길 한번 주지 않고 빠른 걸음으로 사라져버렸다. 골무는 서운한 표정을 내비치더니 이내 석상 쪽으로 눈길을 던졌다. 근엄한 부처님이 아닌, 귀여운 동자승 석상들은 나도 처음 보는 것이었다. 모두 익살맞은 얼굴을 하고 있었지만 자세히 살펴보면 제각각 다른 표정을 짓고 있었다. 골무는 허리를 굽힌 채 내 키보다 작은 동자승들을 하나하나 들여다보았다.

"지운이랑은 어릴 때 어떻게 친해진 거예요?"

그의 질문은 갑작스러우면서도 한편으론 적절하게 들렸다. 나는 크게 고민하지 않고 답했다.

"반에서 우리 둘만 넥스트 팬이었어요."

내 책상에서 넥스트 3집 테이프를 발견한 날, 지운은 수업이 끝난 뒤 나를 기다렸다. 그날부터 우리는 등하굣길 단짝이 되었다. 반 아이들이 토니와 장우혁, 강타의 팬으로 분열될 때 우리는 구석에서 이어폰을 나눠 끼고 신해철의 음울한 내레이션을 들었다. 자정마다 그가 진행하는 라디오를 듣느라 우리는 늘 잠이 모자랐다.

한번은 학교를 마친 뒤 지운의 집에 놀러간 적이 있었다. 우리집보다 훨씬 큰 거실에는 TV와 고동색 소파가 없었다. 대신 지운의 책가방과 비슷한 색깔의 러그가 바닥에 깔려 있었고 TV가 있어야 할 자리에는 오디오와 스피커가, 거실 한가운데에는 긴 나무 탁자와 의자들이 놓여 있었다. 덩치 큰 가구가 없는데도 그 공간은 휑하게 느껴지지 않았다. 오히려 아늑함과 나른함이 공기 중에 배어 있었는데, 돌이켜보면 조명 덕이었던 듯하다. 곳곳에 놓인 크고 작은 스탠드는 각기 조도가 다른 노란빛으로 거실에 온기를 입혔다. 천장에는 형광등 대신 실링팬이 달려 있었다. 그때는 그 물건이 뭔지 몰랐으므로 엄청나게 큰 선풍기 날개가 붙어 있네, 라며 의아해했던 기억이 난다.

지운은 넥스트의 모든 음반을 테이프가 아닌 CD로 갖고 있었다. 1집부터 차례로 플레이하던 중, 그애는 서재처럼 보이는 방에서 CD 하나를 들고 왔다.

"여기 되게 신기한 생일 노래가 있어. 지난주 아빠 생일에 대학 친구들이 놀러왔는데, 그 아저씨들이 기타를 치면서 이걸 불러주더라고."

지운은 '시인과 촌장'이라고 쓰인 CD를 오디오에 넣었다. 언뜻 찬송가처럼 들리는 그 노래는 촌스러운 듯하면서도 기품이 있었다. 우리는 쿠션을 하나씩 챙겨 배에 깔고 러그 위에 엎드렸다. 모든 것들이 제자리로 돌아오는 게 왜 세상에서 가장 아름다운 풍경일까. 사람의 짙은 슬픔을 비둘기가 어떻게 흔들어 깨울 수 있는 거지. 가사지를 보며 우리는 그런 이야기를 주고받았다. 나는 지운 몰래 희고 보드라운 러그의 표면을 몇 번이나 손으로 쓸었다.

지운과의 마지막 기억은 그해 겨울, 새해를 앞둔 어느 밤이었다. 넥스트 콘서트를 보고 집으로 돌아가는 버스 안에서 지운은 내게 노트를 하나 건넸다. 이듬해 1월, 지운은 다시 서울로 이사를 갔다. 이후로도 몇 년 간 넥스트를 좋아했지만 지운과 함께할 때만큼의 열정은 되살아나지 않았다.

골무는 내 이야기를 듣고도 별다른 반응을 보이지 않았다. 그저 고개를 끄덕이며 커피를 홀짝일 뿐이었다. 나는 그에게 물었다.

"그럼 골무님은 지운과 어떻게……?"

"알코올의존자 자조 모임에서 만났어요. 2년 전쯤에요."

이 커플은 내 말문을 막는 데에 상당한 재주가 있었다. 골무는 텀블러를 챙겨 자리에서 일어섰다. 나는 그에게서 조금 뒤처져 걸었다. 나보다 머리 하나는 더 큰 그가 흔들흔들 걸어갔다. 동그란 오렌지를 머리에 덮어쓴 채.

지운은 땀에 젖어 부스로 돌아왔다. 폐장까지는 세 시간 정도 남아 있었다. 지운을 보자 골무의 얼굴이 밝아졌다. 그는 바람 좀 쐬고 오겠다며 냉큼 셀러 목걸이를 벗고 사라졌다. 지운은 병풍처럼 세워둔 책의 위치를 바꾸고 해가 뜨는 바닷가 포스터를 새롭게 걸었다.

전세사기 샘플북을 한참 들춰보던 여자가 지운에게 말을 걸었다. 우리 또래 정도 되었을까. 지운은 그에게 공인중개사 시험 합격기부터 풀어내기 시작했다. 전세시장 요즘 위험한 거 아시죠, 빌라왕 사건 최근에 엄청 난리였잖아요, 저도 월세 아껴보려고 나름 공부하면서 들어간 건데, 사람 일이 참, 그래도 이 책 보시면 도움이 좀 되실 거예요, 뭐 그렇다고 완전히 다 방지할 수는 없지만, 저도 진짜 자격증 가지고서 당할 줄은 몰랐거든요, 새옹지마인지 호사다마인지 시험에 너무 쉽게 붙어서 이런 일이 찾아온 건지, 고객님은 그래도 저 같은 케이스는 안 겪으셨으면 좋겠어요…… 여자의 몸이 점점 지운 쪽으로 기울었다.

"근데, 실례가 아니라면 사기 금액이 얼마나……?"

"아, 그게요."

지운은 자리에서 일어나 그의 귓가에 작게 속삭였다. 여자는 놀란 표정으로 죄송해요, 라고 말했다.

"고객님이 뭐가 죄송해요. 도망간 그놈이 죄송해야죠."

지운은 넉넉한 미소를 지어 보였다. 여자는 친구들에게 선물한다며 파산과 이혼, 그리고 키링 세 개를 추가로 구입했다. 여자가 자리를 뜨자 한쪽에서 우리를 흘끔흘끔 쳐다보던 은발의 남자가 다가왔다. 그는 책 두 권을 내밀며 지운에게 사인을 요청했다. 남자는 본인도 힘든 일을 많이 겪었지만 이제 다 이겨냈다며 지운에게 레모나 두 개를 주고 떠났다. 사람들의 발길은 이런 식으로 이어졌다. 책을 들춰본 이들 중 열에 여섯은 지갑을 열었다. 제 몫의 유물을 발굴하듯 그들은 샘플북을 오랫동안 뒤적인 뒤 한 권 혹은 두 권, 혹은 열 권을 챙겨 떠났다.

손님들이 한차례 지나간 뒤 한가로운 시간이 찾아왔다. 동산처럼 봉긋하게 솟아 있던 책더미가 평평해졌다. 갑자기 이상한 기분에 사로잡혔다. 사람들은 왜 이걸 사가는 걸까. 지운은 도대체 무얼 파는 걸까. 아니, 자신이 무엇을 파는지 알고 있기나 한 걸까. 북해서가의 지운은 시인과 촌장을 들려주던 지운에게서 얼마나 멀리 온 걸까. 나는 옆자리에서 태연히 책을 읽고 있는 그녀를 살폈다. 지운은 엷은 미소를 지으며 한가로이 책장을 넘겼다. 그 표정을 보니 머릿속이 더 복잡해졌다.

소나기라도 쏟아지려는지 갑자기 사위가 어두워졌다. 먼 하늘에 먹구름이 걸려 있었다. 비가 오면 천막을 접어야 하지 않을까. 골무는 도대체 언제쯤 오는 건지 걱정이 될 즈음, 내 오른쪽 어깨 위로 지운의 고개가 툭 떨어졌다. 동시에 그애가 손에 들고 있던 만화책도 바닥으로 낙하했다. 태평하다, 태평해. 넌 잠이 오니? 짭조름한 땀냄새가 코끝을 스쳤다. 놀이터에서 신나게 뛰어놀다 온 아이의 몸에서 풍겨올 법한.

그때 테이블에 놓아둔 핸드폰 화면이 깜빡 켜졌다. 조 변호사의 메시지였다. 전화기를 집으려는데 지운의 고개가 내 어깨를 다시 한번 짓눌렀다. 나는 팔을 거두고 의자에 깊숙이 기대어 앉았다. 지운의 무게를 느끼며 눈을 감았다. 그러고 보니 왕릉 꼭대기에 무사히 올랐는지 물어보는 걸 깜빡했다. 나도 나지만 너도 참 너다…… 나는 작게 중얼거렸다.

"뭐가요?"

골무의 목소리가 들렸다. 뒤를 돌아보자 그가 싱긋 웃었다.

"뭐예요?"

"뭐긴요."

골무는 내게 황남빵아이스크림을 내밀었다. 도톰한 가장자리를 베어물자 단팥과 연유의 달콤함이 입안 가득 퍼졌다.

저녁 6시, 지운은 벽에 걸린 포스터를 떼어냈다. 폐장까지는 아직 한 시간이 남아 있었다. 지운은 스무 권 가량의 책을 캐리어에 집어넣었다. 책갈피와 엽서, 키링만 남겨두고 남은 짐을 모두 정리했다. 왜 이렇게 빨리 접는 거냐고 묻자 지운은 내게 작게 속삭였다.

"실은 오늘이 이번 책 마지막 장사야."

"아, 내일은 참가 안 해?"

"아니, 진짜 마지막. 영영 끝."

마지막이라니. 오늘 이들에게서 엔딩의 징후 같은 건 느끼지 못했는데. 두서없는 질문이 머릿속을 스쳤다. 지운은 내 마음을 알아챘다는 듯 옅은 미소를 짓더니 알 듯 말 듯한 말을 덧붙였다.

"이 책들의 역할은 이제 끝났거든."

지운은 이 말만 남기고는 자리를 떴다. 다른 부스를 돌며 쇼핑을 하고 오겠다고 했다. 골무는 구석에서 심각한 얼굴로 핸드폰 화면을 들여다보고 있었다. 그는 광고와 인플루언서의 손길이 닿지 않는 경주의 진짜 맛집을 찾아달라는 지운의 부탁을 성실히 이행하는 중이었다. 골무에게 다가가 물었다.

"마케팅에 오염되지 않은 곳이 과연 있을까요?"

그는 예의 그 온화한 미소를 지으며 어딘가 한 군데는 있을 거라고 말했다.

"전 구글을 믿어요."

지운에게 묻고 싶었다. 골무를 믿느냐고.

골무가 찾은 식당의 두부전골은 마케팅에 노출될 걱정이 필요 없는 맛맛한 맛이었다. 저녁을 먹는 내내 지운과 골무는 별다른 말이 없었다. 내게 막차 시간을 묻더니 저녁을 먹고 감포항 쪽으로 드라이브를 하자고 제안했을 뿐이었다. 30분만 달리면 바다가 나온다고 했다. 우리는 박하사탕을 입에 물고 식당을 나왔다. 골무가 차 뒷좌석을 정리하는 동안 지운은 편의점에 들러 묵직한 비닐봉지를 들고 돌아왔다.

시내를 벗어나자 주변이 급격히 어두워졌다. 이정표도 잘 보이지 않았다. 차는 가로등도 없는 2차선 도로로 접어들었다. 이 길이 맞냐고 묻는 내게 골무는 내비게이션에도 안 나오는 지름길이라고 자신했다. 에어컨에서는 미지근한 바람만 뿜어져나왔다. 나는 돌돌이 손잡이를 돌려 차창을 반쯤 내렸다. 풀냄새가 스민 바람이 밀려들어왔다. 지운은 크게 숨을 들이쉬었다. 그게 신호라도 된 것처럼 우리는 네 개의 창문을 끝까지 내렸다. 물기를 머금은 밤공기가 차 안에 가득 차올랐다. 지운은 CD플레이어의 버튼을 눌렀다. 몽환적이면서도 쓸쓸한 기타 선율. 어디서 많이 들어본 것 같은데 기억이 나지 않았다.

"이 곡, 제목이 뭐야?"

지운은 의아한 표정으로 나를 돌아보았다.

"너 진짜 몰라서 묻는 거야?"

"내가 아는 곡이야?"

지운은 어깨를 으쓱하더니 블론커의 〈트래블링〉, 이라고 답했다. 처음 들어보는 뮤지션과 제목이었다. 골무가 백미러로 나를 흘끗 보았다.

"넥스트 팬이었다면서요."

"이건 넥스트 노래가 아닌데요?"

내가 모르는 노래도 있었나. 지운은 길게 하품을 하더니 비닐봉지에서 캔맥주를 꺼냈다. 차가운 맥주 하나를 내게도 건넸다. 나는 무릎 사이에 캔을 끼워둔 채 핸드폰에서 블론커를 검색했다. 그리고 누군가의 블로그에서 그 이름을 발견했다.

27년 전, 콘서트를 보고 돌아가던 버스 안에서 지운이 건넨 노트에는 우리가 함께 듣던 라디오프로그램의 1년 치 오프닝이 적혀 있었다. 자정의 시보와 함께 DJ가 이야기를 시작하면 블론커의 기타 선율이 그의 낮고 부드러운 음성을 부드럽게 감싸안았다. 안개 속을 부유하는 듯한 시그널 음악과 달리 그의 오프닝에는 묘한 중력이 있었다. 어린 시절 외갓집에서 덮었던 할머니의 목화솜 이불처럼 그의 목소리는 그 시절 이유 없이 닥쳐오던 마음속 불안과 화를 차분히 가라앉혔다.

지운이 떠난 뒤 나는 매일 밤 공책을 꺼내 하루치의 오프닝을 읽었다. 동글동글한 필체를 짚어가다보면 깊은 밤 카세트플레이어의 녹음 버튼을 누르는 손이 떠올랐다. 마지막 오프닝을 읽은 날, 나는 책상에 앉아 노트의 다음 페이지를 펼쳤다. 백지를 가만히 들여다보다 세계문학전집이 꽂혀 있는 책장으로 갔다. 『데미안』을 꺼냈다. 책의 아무 페이지나 펼쳐서 한쪽을 노트에 옮겨 적었다. 그날 이후, 나는 필사를 이어갔다. 어떤 날은 『카라마조프의 형제들』이었고 또다른 날은 『자기만의 방』이었다.

문화센터의 첫 수업 시간에 선생님은 글을 써보고 싶었던 첫번째 순간이 언제였냐고 수강생들에게 물었다. 내 차례가 왔을 때 나는 딱히 기억나지 않는다고 얼버무렸다. 그날 나는 수업 분위기에 조금 압도되었다. 고등학생부터 80대 할머니까지 나이도, 하는 일도 다양한 사람들이 눈을 빛내며 글쓰기에 대한 애정을 드러냈다. 무언가를 쓰고 싶어 하는 사람이 이렇게나 많다니. 하지만 수강생들의 에세이를 합평하면서 나는 이상한 기분에 휩싸였다. 지극히 개인적이고 특별할 것 없는 생활의 기록이 글이 될 수 있을까. 누구나 한번쯤 겪는, 어린 시절 부모에게 받은 상처나 결혼생활의 고됨 같은 것이 글이 될 수 있나. 나는 그 너머의 무언가를 담아야 글이 된다고, 읽히기 위해선 당연히 그래야 한다고 생각했다. 우리는 네이트 판에서 '톡커'들의 선택을 받기 위해 이곳에 온 게 아니니까. 그런 내 눈에 어떤 이들은 자신이 써낸 글에 과하게 너그러워 보였다. 앞뒤 없이 시집살이에 대한 울분으로 가득 찬 에세이만 내리 세 편 써낸 60대 주부는 최근 몇 년간 가장 뿌듯한 시간이었다고 만족해했다.

나는 지운에게 그 곡을 한번 더 듣고 싶다고 말했다. 나지막이 흐르는 멜로디에 지운의 허밍이 스며들었다. 비포장길로 접어든 차는 자주 덜컹거렸다. 차창으로 빗방울이 조금씩 들이치기 시작했다. 무릎 사이에 끼워둔 맥주캔을 집어들었다. 아 정말, 나 빼고 다 마시기예요? 골무가 백미러로 나를 흘겨보았다. 뒷좌석에 쌓인 책 사이로 검정색 명함이 눈에 들어왔다. 지운에게 물었다.

"북해서가, 무슨 뜻이야?"

"그거? 골무 작품이야. 이름 짓느라 유료 작명 앱 결제까지 했잖아."

백미러에서 다시 골무와 눈이 마주쳤다. 그새 조금 누그러진 눈으로 그가 말했다.

"넘어질 북,"

그는 뭔가 더 말하려는 듯하다 입을 다물었다. 차가 멈춰섰다. 다 왔어요, 라고 말하며 골무는 밖으로 나갔다. 잡초가 무성한 공터였다. 바다는커녕 바다 비슷한 것도 보이지 않았다.

"우리 제대로 온 거 맞아요?"

내가 묻자 골무는 여기서 10분만 더 걸으면 된다고 했다. 실금처럼 가는 비가 어둠 속에서 흩날렸다. 지운은 트렁크에서 푸른색 뜨개 모자 두 개를 꺼내왔다. 모자 안쪽에 붙어 있는 마른 꽃잎 몇 개를 털어낸 뒤 그중 하나를 내게 건넸다.

손전등을 든 골무가 앞장을 섰다. 논 사이로 난 좁은 길을 우리는 한 줄로 나란히 걸었다. 얼마 지나지 않아 소나무가 빽빽이 들어선 숲이 눈앞에 나타났다. 가로등 불빛이 드문드문 켜진 숲속에 들어서자 진한 솔잎 향이 코끝에 훅 끼쳤다. 발을 내디딜 때마다 물기 어린 흙냄새가 땅에서 피어올랐다. 키가 작고 구불구불한 소나무 둥치 사이를 걸어가며 도대체 어디로 가는 거냐고 지운에게 물었다. 거의 다 왔어. 지운은 나를 돌아보며 빙그레 웃었다.

이쪽이에요. 앞서 걷던 골무가 왼쪽으로 난 갈림길로 접어들었다. 지운과 나는 걸음을 빨리했다. 그의 곁에 다가서자 골무는 손전등을 껐다. 안개비 속에서 우리는 한참 말없이 서 있었다. 빛이 사라진 숲은 고요했다. 몸집이 작은 동물들의 기척과 가느다란 풀벌레 소리, 툭 하고 열매가 낙하하는 소리만 간간이 들려왔다.

얼마나 흘렀을까. 골무는 다시 전등의 스위치를 켜고 숲 너머를 비추었다. 길고 동그란 불빛이 가리키는 곳에 내가 기대한 풍경은 없었다. 잔디가 덮인 야트막한 언덕에 눈썹처럼 둥근 뫼의 능선이 희미하게 포개져 있을 뿐이었다.

길은 없었다. 낯선 행성을 발견한 탐험가처럼 골무와 지운은 웃자란 풀을 헤치며 앞으로 나아갔다. 나는 천천히 그 뒤를 따랐다.

안녕한 하루

호준은 책상 밑에서 공벌레처럼 몸을 말고 자고 있었다. 이불을 턱밑까지 끌어 덮은 채 힘겹게 숨을 몰아쉬었다. 여원은 서재 문을 조용히 닫고 주방으로 향했다. 아침식사를 준비한 뒤에 호준을 깨워도 늦지 않을 것이다. 아니, 당분간은 그가 몇 시에 일어나든 상관없는 날들이 이어질 터였다. 여원은 불 꺼진 서점을 떠올렸다. 한 계절 전의 일인데도 아침마다 서둘러 출근하던 시절이 까마득하게 느껴졌다.

쌀을 씻어 안친 뒤 여원은 개수대 선반에 놓인 그릇을 정리했다. 지난밤에는 보지 못한 잔 하나가 눈에 들어왔다. 그녀는 식탁 옆 진열장을 들여다보았다. 맨 아래 칸에 놓인 술병에 한 뼘만큼의 여백이 생겼다. 지난겨울, 결혼 4주년 기념으로 제주 여행을 갔을 때 면세점에서 산 위스키였다. 여원은 물에 불리려고 꺼내둔 미역을 도로 집어넣고 냉장고에서 콩나물을 꺼냈다.

호준은 어젯밤 9시를 조금 넘겨 집에 도착했다. 여원이 구치소에 전달해둔 카키색 스웨터와 모직 재킷, 감청색 면바지 차림이었다. 홍 변호사에게서 집행유예 소식을 들은 건 점심때가 막 지난 무렵이었는데 출소 절차가 꽤 길었던 모양이었다. 호준의 손에는 아무것도 들려 있지 않았다.

"짐은?"

"오는 길에 버렸어."

"여름옷은 어쩌고. 책도 좀 있잖아."

"비싸지도 않은 건데, 뭐. 이것만 있으면 됐지."

호준은 바지 주머니에서 휴대전화와 지갑을 꺼내 보였다.

"정지시켜놨더라. 그래서 나오자마자 전화 못 했어."

호준은 휴대폰을 거실 테이블 위에 올려두었다. 여원은 그의 말 속에 담긴 힐난을 모른 척했다. 대신 안방 침대에 새 잠옷을 올려두었다고 그에게 말했다.

"전기매트 깔아놨어. 피곤할 텐데 오늘은 혼자 편하게 자. 난 서재에서 잘게."

호준의 미간에 주름이 잡혔다 펴지는 것을 여원은 보았다. 그는 자신이 서재에서 자겠다고 고집했다.

"그동안 바닥생활했잖아. 침대가 오히려 불편할 것 같아서."

호준은 입꼬리를 올리며 웃어 보였다. 그의 눈이 초승달처럼 가늘어졌다. 그늘 한 점 없는 저 선한 미소에 반해 그를 가슴에 담아두었던 때가 있었다. 저렇게 웃을 줄 아는 사람에게는 마음의 주름도 없을 거라는 기대를 품었던 시절이었다.

호준은 낯선 음식을 마주한 사람처럼 밥과 콩나물국, 고등어구이 등을 찬찬히 살폈다. 여원은 주방 창가로 가서 라디오를 켜고 다시 식탁에 앉았다.
"맛있겠다. 애썼네."
호준은 여원이 숟가락을 들기를 기다렸다 이렇게 말했다. 여원은 밥을 먹는 동안 그를 쳐다보지 않으려고 노력했다. 하지만 보지 않고도 남편의 식사 습관이 전과 같지 않다는 것을 알았다. 잡채를 한두 번 우물거린 뒤 급하게 넘기는 소리, 숟가락으로 조심성 없이 밥공기 벽을 긁는 소리가 귀에 고스란히 전해졌다. 밥을 너무 느긋하게 먹어 그녀의 타박을 듣던 호준의 모습은 없었다. 음식을 입안에 가득 문 채 젓가락으로 열무김치를 뒤적이는 그를 두고 여원은 조용히 식탁에서 일어났다. 라디오 볼륨을 높이고 싱크대에서 사과를 깎기 시작했다.
"입맛이 없어?"
호준은 걱정스러운 목소리로 여원에게 물었다.

"속이 좀 안 좋네. 당신은 천천히 먹어."

여원은 그의 밥공기가 비었다는 걸 알면서도 그렇게 말했다. 호준은 자리에서 일어나 싱크대로 다가왔다. 그는 여원의 손에서 과도를 부드럽게 빼내며 말했다.

"이건 내 일이잖아."

그는 여원에게 거실로 가 있으라고 말하며 전기포트에 물을 올렸다. 여원은 순순히 거실로 향했다. 소파에 기대앉으니 밤잠을 설친 피로감이 그제야 온몸을 덮쳐왔다. 그녀는 구석에 몸을 웅크린 채 눈을 감았다.

어깨를 지그시 누르는 감촉에 여원은 흠칫 놀라며 눈을 떴다. 호준이 손을 거두며 희미하게 웃었다. 가슴께에는 담요가 덮여 있었다. 여원은 벽시계를 올려다보았다. 잠깐 잠에 빠졌던 것 같은데 그새 20분이나 흘러 있었다. 커피가 식을 것 같아서, 라고 호준이 변명하듯 말했다. 여원은 커피를 한 모금 들이켰다. 지난 5년 동안 마셔온 익숙한 맛에 혀는 금세 반응했다. 그녀는 옆에 놓인 쿠션을 가져와 끌어안았다.

"오늘 뭐하고 싶어?"

"글쎄…… 나 새치 좀 많아졌지?"

호준은 겸연쩍은 표정을 지으며 손으로 옆머리를 쓸어넘겼다. 처음 면회를 갔을 때 여원을 놀라게 했던 건 눈에 띄게 여윈 얼굴도, 품이 크고 낡은 수의도 아니었다. 검은 머리카락이 한 올도 보이지 않는, 완전히 세어버린 구레나룻이었다.

새치는 무서운 속도로 번져나갔다. 그의 새하얀 머리칼은 주름 하나 없는 얼굴과 대비를 이루면서 어딘가 묘하게 어긋난 느낌을 주었다.

"올 초에 갔던 미용실 있잖아. 백화점 안에 있는. 거기 괜찮았지?"

여원은 호준에게 말했다. 미용실은 D시에서 가장 최근에 생긴 백화점에 입점해 있었다. 여원은 그의 대답을 기다리지 않고 휴대전화를 집었다.

평일 점심 무렵인데도 미용실은 꽤 붐볐다. 매니저는 예전 기록을 뒤져 호준을 담당했던 헤어디자이너를 배정해주었다. 20대 후반쯤 되었을까. 두번째 보는 건데도 얼굴이 낯익었다. 짧은 단발에 금발로 염색을 한 헤어디자이너는 호준의 머리칼을 가볍게 만지며 거울에 이리저리 비춰보았다. 여원은 그녀에게 물었다.

"일단 염색을 좀 했으면 하고요. 펌은 필요할까요?"

"펌까지 하기엔 고객님 두피가 너무 약해서요. 대신 투블럭으로 좀 짧게 커트 들어가면 영한 느낌을 줄 수 있을 것 같아요."

여원은 헤어디자이너에게 깔끔하고 댄디한 스타일을 주문했다. 거울 속에서 호준과 눈이 마주쳤다. 그는 여원에게 살짝 웃어 보였다. 머리를 어떤 스타일로 할지 그녀에게 전적으로 맡기는 것을 호준은 좋아했다. 옷이나 신발을 사러 갈 때도 마찬가지였다. 그것은 그의 취향을 완벽하게 알아야 가능한 일이었고 두 사람의 굳건하고 친밀한 관계를 타인에게 자연스레 알리는 행위이기도 했다.

호준이 염색을 하는 동안 여원은 소파에 앉아 매니저가 가져다준 차와 쿠키를 먹었다. 잡지 두어 권을 넘겨본 뒤 여원은 테이블에 놓인 매니큐어 상자를 당겨왔다. 펄이 섞인 오렌지와 차분한 초록색을 골라 왼손부터 번갈아 바르기 시작했다. 조심조심 브러시를 움직였음에도 결국 오른손 중지 손톱 아래에 초록색이 묻고 말았다. 작게 짜증을 내며 화장솜에 네일리무버를 묻히다 여원은 피식 웃었다. 한없이 자잘하고 누구에게나 일어나는, 정상적인 불행의 세계로 다시 진입한 듯한 느낌이었다. 늘어난 몸무게, 곧 닥쳐올 승진시험, 만기가 다가오는 마이너스통장처럼 큰 고민 없이 남들과 공유할 수 있는 걱정거리를 가진 게 축복임을 전에는 알지 못했다.

여원은 고개를 들어 호준을 건너다보았다. 헤어디자이너가 그의 머리칼 물기를 수건으로 털어내고 있었다. 남편이 무슨 말을 건네는 듯 보였지만 음악소리 때문에 여원의 자리까지 들리지는 않았다. 그의 말에 헤어디자이너가 이를 드러내며 활짝 웃었다. 순간 여원은 그녀가 낯익어 보였던 이유를 알아차렸다. 갑자기 강한 요의가 느껴졌다.

직원 면접을 본 날, 다희는 손을 자주 입 쪽으로 가져갔다.

웃을 때 드러나는 덧니가 부끄럽다고 했다. 그게 매력 포인트라고 말해줘도 그애는 서점에서 일하는 내내 입을 가리며 웃는 습관을 버리지 않았다. 다희는 첫 월급을 받자마자 매달 10만 원씩 붓는 적금통장을 만들었다. 200만 원을 모으면 치아교정을 할 거라고 했다. 화장실 세면대에서 손을 씻으며 여원은 다희가 서점에서 일했던 기간을 꼽아보다 피식 웃고 말았다. 목표액의 40배가 넘는 합의금을 받았으니 적금통장 따위는 아무것도 아닐 것이다. 여원은 깨끗이 헹궈낸 손에 다시 비누거품을 묻혔다. 오른손 약지와 새끼손톱에 매니큐어를 칠하지 않은 것이 그제야 보였다.

백화점 식당가에서 늦은 점심을 먹은 뒤 두 사람은 카페에 들렀다. 호준은 집을 나설 때보다 기분이 나아진 듯했다. 헤어스타일을 바꾸고 나니 여원의 눈에도 훨씬 생기가 있어 보였다. 하지만 점심을 먹을 때에도 그는 대화에 적극적으로 응하지 않았다. 여원이 무언가를 물으면 단답으로 대답할 뿐이었다. 카운터에서 호준은 그린티라테와 자몽에이드를 주문했다.

"음료는 가져가실 건가요?"

"여기서 마시고 갈 겁니다."

호준은 망설임 없이 카페 직원에게 답했다.

"아뇨, 테이크아웃 잔에 주세요."

뒤에 서 있던 여원이 불쑥 끼어들었다. 호준의 표정이 순간 굳었다가 풀어졌다. 가볼 데가 생각나서, 라는 여원의 말에 그는 대꾸하지 않았다. 두 사람은 음료를 들고 백화점 지하 주차장으로 내려갔다. 백화점에 올 때와 마찬가지로 여원이 운전대를 잡았다. 호준은 어디에 가느냐고 물어보지 않았다. 체념한 것 같기도, 화가 난 것 같기도 했다. 여원은 어느 쪽이든 상관없다고 생각했다. 10여 분을 달려 여원은 D대학 근처 주택가에 차를 세웠다. 서점 앞이었다.

"당신이 보고 싶어 할 것 같아서."

여원은 차에서 내리며 호준에게 말했다. 그는 여전히 말이 없었다. 어차피 대답을 기대하고 한 말은 아니었다. 왜 갑자기 이곳에 와야 했는지 그가 묻는다면 여원도 할말은 없었다. 오늘이 가기 전에 들러야 한다는 생각이 불쑥 들었던 것뿐이었다. 서점은 호준이 체포된 날 이후 한번도 열리지 않았다. 2층 게스트하우스의 영업을 쉰 지는 그보다 한 달이 길었다. 여원은 고개를 들어 불 꺼진 창문을 올려다보았다. 지난봄 원단가게에서 손수 맞춘 연두색 커튼이 창에 어른거렸다.

형사들이 게스트하우스에 들이닥친 건 다희의 몸에서 호준의 정액이 검출된 다음날이었다. 그들은 203호를 수색한 뒤 CCTV가 있느냐고 여원에게 물었다. 누수공사 때문에 영업을 중단한 상태라 카메라는 모두 꺼져 있었다. 여원은 거실에 앉아 형사의 물음에 답했다. 기차표, 남편과 주고받은 문자매시지, 사촌동생의 결혼식 사진을 보여주었다. 형사는 다희와 혹시 무슨 관계인지 아느냐고 물었다. 다희와 누구요? 다희와 저 말씀이세요? 아니면 다희와 제 남편이요? 여원이 되묻자 형사는 어이가 없다는 듯 헛웃음을 지었다.

여원은 핸드백에서 열쇠를 꺼내 서점 출입문을 열었다. 유리문에 붙여둔 휴업 공지문은 그대로 두었다. 서점 안으로 들어서자 재채기가 터져나왔다. 공기 중에 떠다니는 먼지들이 오후 햇살에 반짝였다. 여원은 창문을 모두 연 뒤 전등 스위치를 눌렀다. 무대조명이 켜지듯 실내가 갑자기 밝아졌다. 벽 두 개를 모두 차지한 오크색 책장과 서점 가운데에 놓인 기다란 테이블, 독립출판물만 모아둔 초록색 진열대, 엽서와 필기구가 놓인 작은 책상……. 창문에 붙여둔 포스터만 빛이 바랬을 뿐 모든 것이 그대로였다. 여원은 문가에 서 있던 호준에게 들어오라고 손짓했다.

"지난주에 부동산에 내놨어."

여원은 그를 흘끔 보며 말했다. 그녀는 구석에 놓인 소파에 앉았다. 보풀이 일어난 팔걸이를 손바닥으로 쓸다 맞은편 화이트보드로 시선을 돌렸다. 파란색 마커로 쓴 베스트셀러 목록은 7월 둘째 주에 멈춰 있었다. 오른쪽으로 살짝 기운 동글동글한 글씨체는 다희의 것이었다. 목록에는 그애가 좋아하는 비비언 고닉의 산문집도 들어가 있었다. 다희를 직원으로 뽑은 건 순전히 취향 때문이었다. 예의 바르고 성실해 보인 것도 있었지만 좋아하는 작가와 작품 이야기를 듣는 순간 여원의 마음은 그녀에게 완전히 기울었다. 다희는 20대 중반인데도 또래들에게서 볼 수 없는 안정감이 있었다. 처음에는 낯을 좀 가렸지만 친해진 뒤에는 자기 얘기도 곧잘 했다. 함께 일한 지 두 달 정도 되었을 때 여원은 다희에게 자신들을 사장님 대신 언니, 오빠로 불러달라고 했다. 다희는 부담스러워했지만 여원은 제안을 거두어들이지 않았다. 오빠 대신 형부가 어떻겠냐고 호준이 말하자 다희는 마지못해 받아들였다. 여원도 형부라는 단어가 좋았다. 달라진 호칭만으로도 그들을 감싼 울타리가 좀더 아늑해진 듯했다.

"커피 마실래?"

호준이 여원에게 물었다.

"원두가 남아 있어?"

"냉동실에 둔 거니까 먹을 만할 거야."

호준은 창문을 닫고 라디에이터를 작동시킨 뒤 원두를 갈기 시작했다. 따뜻하게 데워진 공기 속으로 커피향이 천천히 퍼져나갔다. 그는 익숙한 동작으로 물을 끓이고 컵을 데운 뒤 분쇄한 원두를 필터에 채웠다. 서점에 온 이후로 호준은 별다른 표정 변화를 보이지 않았다. 어쩌면 연기를 하는 중인지도 몰랐다. 안정적인 감정 상태는 그의 결백을 입증하는 요소 중 하나일 테니. 이런 생각을 할수록 비참해진다는 것을 알면서도 여원은 이를 떨쳐내지 못했다.

호준이 막 내린 커피를 여원에게 가져다주었을 때 출입문에 매달아둔 종이 울렸다. 단골손님 윤이 문틈으로 얼굴을 내밀었다.

"이제 다시 영업하는 거예요?"

이 동네 토박이인 그녀는 초등학생 딸과 함께 종종 서점을 찾았고 주말에 여는 인문학 독서 모임에도 꾸준히 얼굴을 비쳤다. 개를 데리고 온 걸 보니 산책길에 들른 모양이었다. 문을 연 건 아니라고 말하려는데 호준이 먼저 입을 열었다.

"들어오세요, 커피 한잔 드릴게요."

윤은 반색하며 서점 안으로 들어섰다. 여원은 달갑지 않은 표정을 지우고 그녀에게 소파 옆자리를 권했다.

"하도 소식이 없길래 어디 아픈 건가 걱정했었어요."

이런 질문에 대한 시나리오는 이미 머릿속에 준비돼 있었다. 친정에 일이 있어 서울에 몇 달 가 있었고, 남편은 친구와 하던 사업이 바빠져 가게문을 잠시 닫았다고 여원은 말했다.

"호준 씨 일 때문에 다시 서울로 가야 할 것 같아요. 여긴 정리하려고요."

여원은 친정엄마에게도 호준의 사업을 핑계로 댔다. 시댁에는 둘러댈 필요조차 없었다. 요양원에 입원해 있는 시아버지는 치매가 심해 아들 내외를 알아보지 못했고 캐나다에 사는 호준의 누나와는 원체 연락이 뜸했다. 엄마에게 사실을 말하지 않은 것에 대한 죄책감은 없었다. 학벌도, 직장도 여원보다 못하다며 엄마는 처음부터 호준과의 결혼을 반대했다. 호준의 작은 키와 그의 아버지가 중학교밖에 나오지 못한 것도 비난의 대상이 되었다. 결혼 후에도 장모의 냉랭한 태도가 달라지지 않자 호준은 처가에 가는 걸 꺼렸다. 친정엄마는 남편을 일찍 보내고 혼자 힘으로 남매를 번듯하게 키워냈다는 자부심으로 생을 지탱해온 여자였다. 여원의 남동생이 작년에 이혼한 뒤로 그나마 사위를 보는 시선이 누그러진 참이었다. 이번 일이 알려지면 엄마의 비난은 사위가 아닌 자신에게 향할 것임을 여원은 알았다.

"잘돼서 가는 건 축하할 일이지만 그래도 아쉽네요. 남자 사장님 팬도 많았는데."

윤의 말에 호준은 말없이 빙긋 웃었다. 여원은 화제를 다른 쪽으로 돌렸다. 윤과 함께 독서 모임에 나왔던 다른 손님들의 근황을 물었다. 윤은 서점이 휴업한 뒤로는 도통 보지 못했다며 이참에 한번 얼굴 보는 자리를 만들어야겠다고 했다.

"우리 모임 사람들 참 정 많고 착했는데. 나이 들수록 느끼는 거지만 돈이나 명예 같은 건 중요한 게 아닌 것 같아요. 남한테 피해 안 주고, 주위 사람들 잘 챙기면서 소박하게 사는 게 행복이지, 뭐."

"그럼요, 그게 행복이죠."

여원은 평온한 표정을 유지하기 위해 안간힘을 썼다.

"아이고, 얘 좀 봐."

갑자기 윤의 목소리가 커졌다. 개의 발밑에 노란 물이 고여 있었다. 진열대 주위로 옅은 지린내가 풍겼다. 호준이 얼른 수건으로 바닥을 훔쳐냈다. 그가 물걸레를 가지러 간 사이 윤은 미안하다며 책 세 권을 고른 뒤 지폐 몇 장을 놓고 일어섰다.

"참, 다희 씨는 요즘 어떻게 지내요?"

서점 앞에서 인사를 나누면서 윤이 물었다. 가게문 닫은 뒤로는 못 본 지가 꽤 되었다고 여원은 대답했다. 윤은 가방을 뒤지더니 무언가를 꺼냈다. 달팽이 모양의 머리핀 두 개였다.

"코바늘로 직접 뜬 건데, 다희 씨랑 하나씩 나눠 가져요. 이럴 줄 알았으면 포장이라도 예쁘게 해오는 건데."

괜찮다며 손사래를 치는 여원에게 윤은 억지로 핀을 쥐여주었다. 다희를 만나면 안부를 꼭 전해달라고 당부한 뒤 윤은 돌아섰다. 여원은 점차 멀어지는 그녀의 뒷모습을 보며 핀을 구부렸다. 머리핀이 열리고 닫힐 때마다 똑딱, 하는 경쾌한 소리가 났다. 여원은 핀을 바지 주머니에 넣었다.

출입문을 열려다 말고 여원은 유리창 쪽으로 걸음을 옮겼다. 철 지난 포스터 사이로 바닥을 닦고 있는 호준의 등이 보였다. 합의가 안 되면 실형을 피할 방법이 사실상 없다고 봐야 합니다. 홍 변호사를 처음 만난 날 그가 했던 말이 여원의 머리를 스쳤다. 겨우 넉 달 전 일인데도 몇 년의 세월을 통과한 것처럼 아득했다. 홍 변호사를 연결해준 건 서울에서 변호사를 하고 있는 여원의 대학 동기였다. D시에서 고등학교를 나와 도움이 될 거라고 그녀는 여원에게 말했다. 호준이 구속되자 홍 변호사는 피해자와의 합의가 가장 중요하다고 말했다. 집행유예를 끌어낼 수 있는 유일한 방법이라는 거였다. 하지만 다희 측 변호사는 처음부터 합의 의사가 없음을 분명히 했다. 선고공판일이 가까워지자 홍 변호사는 다희와 직접 접촉을 해보라고 여원을 설득했다. 며칠 망설이다 연락을 했지만 다희는 여원의 전화와 문자에 모두 답하지 않았다.

어느 날 여원은 다희가 관리해온 서점의 SNS에 접속했다. 서점 계정을 통해 다희의 개인 SNS를 찾아 그곳에 메시지를 남겨보려는 생각에서였다. 다희의 계정을 찾는 것은 어렵지 않았다. 여원은 최근 게시물부터 읽어나갔다. 맛집에 가고 최신 영화를 보고 좋아하는 가수의 공연에 다녀온 글들이 이어졌다. 스크롤을 내리며 읽어가다 여원은 마우스를 멈추었다. D시에 있는 동네 서점에 대한 글이었다. 큐레이션이 상업적이다, 서점 행사 참가비가 너무 비싸다, 손님들이 책을 사지 않고 나가면 사장이 싫은 티를 낸다 등등의 내용이 담겨 있었다. 서점 이름은 나와 있지 않았지만 2년 전에 문을 연, 게스트하우스를 겸하고 있는 책방은 여원의 가게밖에 없었다.

여원은 글이 게시된 날짜를 확인했다. 그날은 여원이 홍 변호사의 강권에 못 이겨 다희에게 처음 전화를 건 날이었다.

여원은 그날 이후로 매일 다희의 계정을 살폈다. 하루에도 십수 번씩 앱에 접속해 업데이트가 되었는지 확인했다. 다희는 자주 게시물을 올렸다. 신상 재킷을 입고 셀카를 찍었고 중고거래로 산 이북 리더기를 자랑했다. 필라테스를 그만두고 러닝클럽에 가입했다. 워킹홀리데이로 캐나다를 갈지, 돈을 좀더 모아 남미 일주를 할지 고민했다. 중학교 동창들과 제주도로 2박 3일 우정여행을 갔다. 노을 지는 해변을 배경으로 요즘 유행하는 챌린지 영상을 올렸다. 사진들 속에서 다희는 어김없이 웃고 있었다.

선고공판을 1주일 앞두고 다희 측 변호사는 합의금으로 1억 원을 요구했다. 홍 변호사는 준강간 사건치고 그리 과한 액수가 아니라고 말했다. 여원은 그날 저녁 서울에 있는 동기의 변호사 사무실로 찾아갔다. 일단 재판에 집중해. 생각은 그 이후에 해도 늦지 않아. 헤어지는 길에 친구는 여원에게 말했다.

합의금은 8천5백만 원으로 최종 조정되었다. 여원은 홍 변호사의 조언에 따라 호준의 이름으로 D시의 성폭력 피해자 지원 단체에 5백만 원을 기부했다. 호준은 징역 3년에 집행유예 4년을 선고받았다.

갑자기 머리 위가 환해진 느낌에 여원은 고개를 들었다. 출입문 위 간판에 불이 들어왔다. 벽돌 두 개를 합친 것만한 크기의 직사각형 간판은 호준이 직접 디자인한 것이었다. 여원은 문을 열고 서점 안으로 들어갔다.

"조명은 왜 켰어?"

여원의 물음에 책장을 닦고 있던 호준이 겸연쩍게 웃었다.

"그냥…… 어두워졌길래. 참, 천장에 전구 몇 개 나갔던데. 사둔 게 있었나?"

여원은 호준이 가리키는 쪽을 올려다보았다.

"가게 내놨는데, 뭐하러. 불 꺼도 되지? 괜히 사람들 또 올까봐."

여원은 스위치를 내리고 밖으로 나갔다. 새하얀 빛이 꺼지면서 간판에 쓰인 글씨도 어둠 속에 묻혔다.

서점과 게스트하우스를 모두 아우르는 이름을 정하기 위해 여원과 호준은 오래 고민했다. 단어를 이리저리 조합해보고 좋아하는 책의 제목이나 구절을 생각해보아도 쉽게 답이 나오지 않았다. D시로의 이사를 며칠 앞둔 어느 아침, 호준은 여원에게 물었다. 안녕한 하루, 어때? 아직 침대 속에서 눈을 뜨지 못한 채 그의 품으로 파고드는 여원을 안으며 그는 말했다. 서점이든 게스트하우스든, 그 공간에 머물면 괜찮아지는 하루 말이야. 처음 듣는 순간부터 여원은 그 이름이 마음에 들었다. 그 아래에 있으면 보호받는 느낌이 들었다. 호준과 결혼을 결심한 이유 또한 그 때문이었다. 듬직하고 무던한 성격의 그는 예민하고 작은 일도 그냥 넘기지 못하는 여원과 여러모로 달랐다. 미래의 일을 앞당겨 걱정하는 여원의 불안을 잠재우고 자잘한 실수를 메워주는 것은 언제나 호준의 몫이었다. 여원이 회사를 그만둘 용기를 낸 것도, D시로 내려와 게스트하우스와 서점을 연 것도 그와 함께였기에 가능한 일이었다. 여원은 앞으로의 삶에서도 실수나 사고는 늘 자신이 담당할 거라고 믿었다. 호준을 의심해본 적은 없었다.

서점 출입문을 잠근 뒤 여원은 휴업 안내문을 손바닥으로 단단히 고정했다. 저녁 6시가 조금 넘었는데도 밖은 벌써 캄캄했다. 호준은 여원에게 자동차 키를 달라고 말했다. 시력교정수술을 한 뒤로 빛번짐 때문에 여원은 밤 운전을 피했다.
"괜찮겠어?"
"원래 내 차잖아."
호준은 웃으며 운전석에 올라탔다. 좌석과 핸들 사이의 거리를 조절한 뒤 부드럽게 액셀러레이터를 밟았다.
"호수 쪽 공원에 단풍 예쁘게 들었겠다. 그쪽으로 해서 집에 갈까?"
호준이 여원에게 물었다.
"많이 졌을 텐데…… 어두워서 잘 안 보일 것 같기도 하고."

"가로등 있으니까. 드라이브 겸 한 바퀴 돌고 가자."

여원은 더이상 반대하지 않았다. 호수 쪽 순환도로를 가리키는 표지판이 눈앞에 나타났다. 차는 정지신호에 멈춰 섰다. 호준은 시선을 돌리지 않은 채 여원의 왼손을 끌어다 자신의 오른손을 그 위에 포개었다. 그의 손바닥에서 전해지는 열기가 낯설고 불편했다.

차가 순환도로에 진입하자 호준은 속도를 좀더 낮추었다. 도로는 한가했다. 드문드문 몇 대의 차가 이들을 추월해 지나갈 뿐이었다. 며칠 새 부쩍 추워진 날씨 때문인지 공원 산책로에도 사람들이 많이 보이지 않았다. 여원의 예상대로 잎을 반 이상 떨군 나무들이 많았다. 마른가지와 빈약한 잎사귀들이 가로등 불빛 아래서 반짝 모습을 드러냈다 사라졌다. 호준은 단풍을 보는 것 같지 않았다. 그의 시선은 정면을 향해 있었다.

"장모님은 건강하시지?"

여원을 잡은 그의 손에 살짝 힘이 들어갔다. 여원은 고개를 돌려 그를 쳐다보았다. 호준은 여전히 앞을 응시했다.

"올해 가기 전에 장모님 모시고 일본 한번 다녀올까? 온천 딸린 료칸에서 며칠 느긋하게 쉬다 오는 거 어때?"

호준의 목소리는 침착하고 부드러웠다. 여원은 아무런 대답도 하지 않았다. 그저 손을 빼고 싶을 뿐이었다. 하지만 그런 기색을 보이면 그의 손아귀에 더욱 힘이 들어갈 것 같았다. 오른쪽 바지 주머니에 든 핀이 허벅지 안쪽으로 쏠리는 느낌이 들었다. 순간 여원의 몸이 앞으로 급격하게 쏠렸다 뒤로 젖혀졌다. 날카로운 마찰음과 함께 차가 급정거했다. 호준은 벌게진 얼굴로 숨을 몰아쉬었다. 등산복 차림의 남자 노인이 이들의 눈앞에 서 있었다.

노인은 화가 난 표정이었다. 등산 스틱으로 호준을 가리키며 무어라 말했지만 소리는 들리지 않았다. 호준은 차 안에서 노인을 향해 몇 번이나 고개를 깊숙이 숙였다. 노인은 스틱을 거두고도 한참을 도로 한가운데에서 움직이지 않았다. 그 자리에 뿌리를 내린 고목처럼 서서 두 사람을 노려보았다. 문을 열고 나가봐야겠다고 생각하는 순간 노인은 굼뜨게 걸음을 옮겼다. 호준은 그제야 이마의 땀을 훔쳤다. 차가 다시 천천히 움직이기 시작했다.

"갑자기 튀어나온 거야. 난 아무 짓도 안 했어. 앞만 보고 있었다고."

여원이 묻지도 않았는데 호준은 흥분한 목소리로 변명을 늘어놓았다. 그때 여원의 재킷 주머니 안에서 전화가 울렸다. 홍 변호사였다. 여원은 휴대폰 화면에 뜬 이름을 잠시 바라보다 전화를 받았다. 그는 잠깐 호준의 안부를 묻더니 바로 본론으로 들어갔다.

—지난번에 보내주신 서점 비방 게시물이요, 검토해봤는데 명예훼손으로 걸 수 있겠습니다. 유죄 나올 수 있을 것 같

아요.

아 네, 라고만 말한 뒤 여원은 입을 다물었다.

-어떻게, 진행해보시겠습니까?

홍 변호사는 조심스러운 말투로 물었다. 여원은 잠시 침묵했다 입을 열었다.

"⋯⋯ 사실, 아직 마음을 정하지 못했어요."

홍 변호사는 이해한다며 남편과 상의를 한 뒤에 연락을 달라고 했다.

-솔직히 이번 건, 아쉽습니다. 남편분에게 들어서 아시겠지만, 그쪽 여성이 남자친구와 헤어졌다고 해서 위로차 술을 마셔주다 이렇게 된 건데⋯⋯ 아무튼 뭐, 물증이 없으니 도리가 있어야죠.

여원은 다시 침묵했다. 남편과 자신 중 다희와 더 친한 쪽이 누구인지 의심해본 적이 없었다. 다희와 둘만 있을 때 그 애는 복잡한 가정사나 내밀한 속내를 여원에게 자주 털어놓았다. 여원이 없으면 다희가 말을 별로 하지 않는다며 호준이 서운해하기도 했다. 여원은 다희를 알고 지낸 기간 동안 만나는 사람이 있다는 얘기를 들어본 적이 없었다. 머릿속을 헤집는 의문들을 애써 지우는 동안 전화기 너머로 그녀를 부르는 홍 변호사의 목소리가 들렸다. 여원은 호준이 전화기에서 새어나오는 소리에 귀기울이고 있다는 것을 알았다.

전화를 끊고 여원은 라디오를 켰다. 아나운서가 건조한 목소리로 오늘의 뉴스를 전했다. 불법 정치자금을 받은 혐의로 여당 중진 의원이 검찰 조사를 받았고 원인을 알 수 없는 건물 화재로 새터민 두 명이 사망했으며 최근 할리우드에 진출한 배우 최 모 씨가 이혼소송에 들어간 사이 차는 순환도로를 빠져나왔다. 새로 들어선 대형 아파트 단지의 불빛이 멀리서 반짝였다. 신호등 아래 차가 멈추어 섰다. 여원은 호준에게 물었다.

"실수…… 였지?"

호준은 여원을 잠시 마주보다 입을 열었다.

"뭐가?"

"……"

"아까 어르신 말하는 거야?"

호준은 여원에게 되물었다. 여원은 대답하지 않았다.

"말했잖아. 갑작스러워서 어쩔 수 없었다고."

호준의 어조에 짜증이 묻어났다. 여원은 교차로를 지난 뒤 다시 입을 열었다.

"그러니까, 실수라는 거지?"

호준은 이해할 수 없다는 표정으로 여원을 쳐다보았다.

"그게 맞아. 그래야 하고."

여원은 다짐하듯 말한 뒤 다시 입을 다물었다. 라디오에서는 어느새 DJ가 경쾌한 톤으로 청취자 사연을 소개하고 있었다. 2043님, 남자친구 집에 처음 인사드리러 가는데 뭘 사가면 좋을지 고민이시라고요. 청취자 여러분, 어떤 선물이 좋을지 지금 바로 문자 보내주세요. 여원은 호준이 처음으로 그녀의 집을 방문한 날을 떠올렸다. 지난한 다툼 끝에 엄마에게 겨우 결혼 승낙을 받은 직후였다. 그날은 아침부터 장을 보고 음식을 준비하느라 정신이 없었다. 주방에서 전을 부치다 말고 엄마는 무심한 말투로 여원에게 물었다. 호준과의 결혼을 확신하느냐고, 그 사람을 사랑한다고 자신할 수 있냐고. 여원은 말없이 손가락에 묻은 밀가루 반죽 덩어리를 뜯어냈다. 열 손가락이 모두 매끈해지자 여원은 웃으면서 엄마에게 말했다. 엄마는 엄마 딸이 사랑하지도 않는 사람과 결혼하는 바보처럼 보여?

주머니 속 핀들이 다시 오른쪽 허벅지를 찔러댔다. 여원은 그것들을 꺼내 손바닥 위에 올렸다. 알록달록한 색실로 뜬 달팽이 인형은 제 몸보다 훨씬 큰 집을 이고 있었다. 안쪽에서부터 동그랗게 말린 달팽이집을 여원은 손끝으로 더듬어보았다. 코바늘로 매듭을 솜씨 좋게 처리한 덕에 어디가 시작 지점이고 어디가 끝인지 알 수 없었다. 알 수 없는 것을 알 수 없는 대로 둘 수 있다면, 불쑥 치솟는 물음들을 고요히 가라앉힐 수 있다면 여원의 삶도 언젠가 단단히 매듭지어질 수 있을 것이다. 매매, 이사, 구직, 출근…… 이런 단어들을 하루하루 쌓아가다보면, 그리하여 우연히 다시 만난 안녕한 하루가 한 달이 되고 1년이 된다면 더는 이음매를 발견할 수 없는 날이 찾아오기도 할 것이다.

　손가락에 힘을 주어 달팽이집을 누르자 경쾌한 소리와 함께 핀이 벌어졌다. 여원은 매니큐어를 칠하지 않은 오른손 새끼손가락 끝을 그 틈 사이에 집어넣었다. 핀을 힘주어 닫자 바늘로 찌르는 듯한 통증이 순식간에 손끝에서 팔을 거쳐 목 뒷덜미까지 퍼져나갔다. 하지만 여원은 핀을 잡은 손에서 힘을 빼지 않았다. 핏기 없이 하얗게 질린 손톱을 처음 보는 사물처럼 가만히 들여다보기만 했다.

캠프닉

인영은 회사 지하 주차장에서 현지의 차를 찾느라 한참을 헤맸다. 방문객 구역을 두 바퀴나 돌았지만 보이지 않았다. 현지에게 전화를 걸자 멀리서 차 시동 소리가 들려왔다.

그녀의 구형 아반떼는 임원 전용 주차구역에 있었다. 조수석 문을 열자 현지는 눈을 찡긋하며 태연하게 말했다.

"방문객 쪽에는 빈자리가 없더라고."

"그렇다고 임원 자리에 차를 세우냐."

"장애인 구역에 댈 순 없잖아."

"데리러 온다는 걸 놔둔 내가 잘못이다."

인영은 안전벨트를 매기 위해 오른팔을 뒤로 뻗으려다 동작을 멈추었다. 조금만 더 나갔다면 어깻죽지에서 시작되는 날카로운 통증이 근육 사이를 파고들어 신경을 헤집었을 것이다. 체화된 습관은 무섭다. 몸은 늘 머리보다 먼저 반응한다. 왼팔로 벨트를 끌어다 매기 전 인영은 양어깨를 위로 바짝 끌어올렸다가 툭 내려놓았다. 두둑, 굳어 있던 관절이 서로 부딪치는 소리가 들렸다.

혹시라도 연두색 번호판을 단 차가 들어올까 봐 인영은 마음이 조급해졌다. 하지만 현지는 느긋하게 유튜브 앱을 열어 음악을 검색한 뒤 '드라이브할 때 듣기 좋은 청량한 시티팝'을 플레이했다. 내비게이션에 주소를 입력하고 사이드미러와 백미러, 의자 등받이 각도까지 조절한 뒤에야 액셀러레이터를 밟았다.

올림픽대로에 들어서자마자 차가 막히기 시작했다. 주말부터 장마권이라더니 두툼한 진회색 구름이 하늘을 뒤덮고 있었다. 어디서 날아온 건지 매미 한 마리가 앞 유리창에 내려앉았다가 이내 떠나갔다. 현지는 '싸이월드 감성 플레이리스트'로 음악을 바꿨다. 낯익은 힙합 리듬이 차 안에 울려퍼졌다. 현지는 쨍한 연둣빛으로 염색한 머리를 비트에 맞춰 가볍게 끄덕였다. 아 맞다, 언니한테 줄 거 있는데. 현지는 인영에게 글러브박스를 열어보라고 했다.

"이상한 거 들어 있는 거 아니지?"

"언니, 속고만 살았어?"

글러브박스 안에는 인영이 좋아하는 고양이 인형 키링이

들어 있었다. 인영은 둥근 고리를 검지에 걸고 인형을 가만히 쥐어보았다. 한 손에 쏙 들어오는 크기와 복슬복슬한 노란색 털, 보드랍고 말랑한 감촉까지 모두 마음에 들었다.

"고마워서. 언니가 휴가까지 내줄 줄은 몰랐거든."

"마침 이번달까지 써야 할 반차가 있었어. 금요일 오후라 적당하기도 하고."

인영은 별것 아니라는 투로 대답했다.

현지가 전화를 걸어온 건 이틀 전이었다. 혹시나 해서 물어보는 거니 절대 부담 갖지 말라며 현지는 말을 꺼내기도 전에 인영의 거절을 예비했다. 서너 계절 알고 지냈을 뿐이지만 인영이 아는 현지는 그렇게 말하는 사람이 아니었다. 원하는 걸 쉽고 명료하게 던진 뒤 받아들여지지 않으면 깔끔하게 잊었고 그건 인영이 부러워하는 면 중 하나였다. 하지만 그날 현지는 이야기를 세 번쯤 빙빙 돌리다 본론으로 들어갔다. 금요일 오후에 '캠프닉'을 가자는 것이었다.

"캠프…… 뭐라고?"

현지는 당일 캠핑을 요즘 그렇게 부른다고 말했다. 캠핑과 피크닉을 합친 말이라고 했다.

"갑자기?"

"그냥, 바람 좀 쐬고 싶어서. 양평이라 멀지도 않고."

인영이 살짝 망설이는 티를 내자 현지는 급하게 말을 바꾸었다.

"아냐, 언니. 평일에 안 되는 거 알면서 그냥 물어본 거야."
 평소의 현지답지 않은 모습에 인영은 궁금증이 일었다.
"좋아. 시간 내지 뭐, 가자."
 인영의 흔쾌한 승낙에 현지는 조금 당황한 듯했으나 이내 평소의 시원시원한 톤으로 돌아왔다. 모든 건 자신이 다 준비할 테니 빈손으로 따라오기만 하면 된다고 했다. 인영의 퇴근 시간에 맞춰 회사로 데리러 가겠다고도 했다. 인영은 현지가 캠핑을 좋아한다는 얘기를 들어본 적이 없었다. 약속 장소를 정할 때도 웬만하면 동네를 벗어나지 않는 타입이었다. 인영은 더 묻지 않고 전화를 끊었다. 다음날 출근해 금요일 저녁으로 예약해둔 도수치료를 취소했다.

 인영은 내비게이션을 흘끗 살폈다. 경기도 양평군 양서면 산 47번지. 목적지까지는 68킬로미터가 남았고 도착 예정 시간은 1시간 43분 뒤였다. 이 정도면 빠른 건지 느린 건지 운전을 하지 않는 인영으로서는 가늠이 되지 않았다. 인영이 면허를 따지 않는 이유는 명료했다. 운전을 떠올릴 때마다 '사고'라는 단어가 머릿속에 따라붙었다. 의도하지 않아도 일어나며 완벽하게 예방할 수 없는 일. 운전자의 실력과 상관없이 발생하는 사건. 인간의 의지로 불운을 피할 수 없는 것이 삶의 이치인데 인생에 위험 요소를 자발적으로 하나 더 추가하고 싶지 않았다. 면허를 따라고 권하는 사람들에게 이런 설명을 하면 그들은 의아해했다. 뭘 그렇게까지 앞서 생각하며 살아, 피곤하게. 인영의 말에 고개를 끄덕인 사람은 현지가 유일했다.

3차선으로 주행하던 현지가 급하게 왼쪽으로 차선을 옮겼다. 아이고 죄송합니다. 현지는 혼잣말을 하며 비상 깜빡이를 눌렀다.

"하, 까딱하면 부산 갈 뻔했네. 아니, 그냥 갈 걸 그랬나?"

현지가 곁눈으로 슬쩍 인영을 보며 싱거운 농담을 던졌다. 인영은 손에 쥔 고양이 인형의 통통한 몸체를 엄지손가락으로 쓰다듬었다. 기분 좋은 촉감이 손끝에서부터 퍼져나갔다. 그때 무릎에 올려둔 휴대전화에서 짧은 진동이 느껴졌다. 메일 도착 알림음이었다. 인형을 쥔 손에 저도 모르게 힘이 들어갔다. 인영은 수신 알림음을 모두 무음으로 바꾼 뒤 전화기를 가방에 집어넣었다.

올해 초, 새해 인사로 시작된 고모 애인의 메일은 시간이 지날수록 발송 주기가 짧아졌다. 한 달에서 3주, 열흘로 간격이 줄더니 지난주부터는 사흘에 한 번꼴로 메일이 도착했다. 첫머리는 늘 비슷했다. 오늘은 경혜가 데이케어센터 셔틀을 타지 않겠다고 투정을 부려서 애를 먹었어요. 오늘 오후에는 정기 진료를 받으러 갔어요. 바뀐 신경과 주치의가 경혜 의대 9년 후배더라고요. 그가 선배님, 하고 부르니 경혜가 제 등뒤로 몸을 숨겼어요. 이렇게 시작한 편지는 고모가 매일 인영과의 추억을 곱씹는다는 것으로 끝이 났다. 유치원 때 주변에서 아역배우 시켜보라고 권유했던 일, 초등학교 3학년 운동회 때 이인삼각에 나가서 1등을 했던 일, 인영의 생일이면 롯데월드에 가서 추로스와 솜사탕을 사 먹었던 일……. 물론 고모의 치료비를 분담해달라는 것과 자신들을 보러 와달라는 부탁도 빼먹지 않았다. 얼굴 한번 본 적 없으면서 당당히 돈을 달라고 요구하는 무례함에 대해 인영은 어쩐지 반박할 수 없었다. 평소의 자신답지 않은 태도였다. 완전 삭제와 스팸 등록, 이 간단한 일을 해내지 못한 채 반년이 흘렀다.

"언니, 내 말 듣고 있어?"

현지의 목소리가 인영의 귓가에 울렸다.

"어, 미안."

현지는 인영에게 도수치료 근황을 물었다. 크게 좋아지지는 않았지만 꾸준히 다녀볼 생각이라고 인영은 답했다. 정형외과 의사는 인영의 어깨를 보자마자 시술을 권했다. 어깨 관절의 틈이 너무 좁아져서 팔을 움직일 공간이 사라졌다며, 우선 약물을 넣어 관절 사이 간격을 넓히자는 것이었다. 인영은 그보다 발병의 정확한 원인을 알고 싶었다. 겨우 30대 중반에 오십견이라는 병에 걸린 이유가 무엇인지. 의사는 원인이야 다양하다며 딱 부러지게 대답해주지 않았다. 20대에 걸리는 사람도 있으니까요. 의사의 말이 위로가 되진 않았지만 인영은 일단 도수치료를 받아보겠다고 했다. 시술보다 덜 위험해 보였고 마침 실손보험도 있었다. 병원 치료를 목적으로 한 시간 이른 퇴근을 허용해주는 사내 복지제도가 있었지만 인영은 회사에 신청하지 않았다. 가까운 동료 몇 명에게 병명을 말했을 때 그들은 의아한 표정을 지었다. 그들의 얼굴은 그 나이에 벌써 그런 병을 얻도록 왜 몸을 돌보지 않았느냐는 질책처럼 다가왔다. 인영은 그뒤로 아무에게도 병원에 다닌다는 사실을 말하지 않았다.

"현지, 넌?"

현지는 기다렸다는 듯 입을 열었다.

"내가 이번에 진짜 명의를 만났잖아, 언니."

현지가 왼쪽 어깨를 가볍게 돌리며 '진짜'와 '명의'에 힘을 주었다. 예측 가능한 도입부였다.

"선생님이 거의 점쟁이급이야. 어깨는 만져보지도 않고 엑스레이 하나로 고관절이 원인이네, 하더라니까."

그간 현지의 입에서 나온 '명의'를 다 모으면 못해도 축구팀 하나는 족히 결성하고 남을 터였다. 정형외과와 재활의학과는 기본이고, 한의원, 침술원, 지압원, 카이로프랙틱 치료사, 스포츠마사지사, 요가 강사, 필라테스 강사, 재활PT 강사 등 분야도 다양했다. 어디서 이런 정보를 모으는 거냐고 인영이 물었을 때 현지는 수집한 적은 없다고 했다.

"옛말 틀린 게 하나도 없어, 언니. 병은 소문내는 거랬잖아."

현지의 소개로 대방동 침술원에 함께 다녀온 날이었다. 노량진 횟집에서 저녁을 먹으며 그녀는 이렇게 말했다.

"소문 한번 내놓으니까 정보들이 알아서 걸려들던데. 난 그물만 당겼고."

현지는 새우를 까서 인영의 앞접시에 올려주었다.

"오십견으로 어장 관리하는 사람은 세상에 너밖에 없을 거다."

"참, 그러고 보니 언니도 걸린 거네?"

현지가 매운탕 국물을 뜨며 흐흐, 하고 웃었다.

차는 강변북로로 건너온 뒤부터 조금씩 속도를 내기 시작했다. 암사인터체인지를 지나자 도로 오른편에 탁 트인 강이 펼쳐졌다. 차창 밖 풍경에 눈을 빼앗긴 인영을 흘끔 보고서 현지가 말했다. 언니, 목! 인영은 급하게 자세를 고쳐 앉았다. 저도 모르게 어깨를 웅숭그린 채 목을 쑥 빼고 있었던 모양이었다. 인영은 손바닥을 펴서 목 아래쪽 근육을 다림질하듯 힘주어 눌렀다. 지난주에 갔던 마사지 숍의 직원은 인영의 오른쪽 쇄골 주변을 마사지하다 당황한 어투로 말했다. 뼈 사이로 손이 안 들어가는 건 처음이라서…… 승모근부터 다시 한번 풀어볼게요. 강한 악력으로 뒷덜미를 주무르는 그에게 인영은 어쩐지 미안한 마음이 들었다.

인영은 척추를 세우고 등받이에서 등을 살짝 떼었다. 도수치료사의 당부가 그제야 떠올랐다. 눈을 하나 더 만든다고 생각하세요, 나를 살피는 눈을요. 내 목이, 어깨가, 허리가 어떤 자세를 취하고 있는지 늘 의식하고 있어야 합니다. 인영은 턱을 당겨 헤드레스트에 뒤통수를 단단히 고정한 채 앞유리창 너머 먼 산을 응시했다.

현지의 차는 구리, 토평, 남양주와 같은 지명을 차례로 지나친 뒤 국도로 접어들었다. 찐빵, 막국수, 40년 전통, 노지 참외, 해장국, 강원도 찰옥수수…… 인영은 주변에 보이는 간판의 이름을 속으로 중얼거렸다.

현지는 가장 먼저 보이는 주유소로 차를 몰았다. 주유소 옆에는 편의점과 순댓국집이 나란히 붙어 있었다. 현지가 기름을 넣는 사이 인영은 편의점에 들어갔다. 음료 냉장고 앞을 오래 서성이다 캔커피 하나와 탄산수 두 병을 골랐다. 계산대 옆에는 여러 가지 모양의 뻥튀기가 종류별로 쌓여 있었다.

"이천쌀 백 프로."

주인 할아버지가 대단한 비밀이라도 알려주는 양 속삭였다.

"우리 육촌형님네 논에서 난 거야."

인영은 뻥튀기 더미에서 가장 작은 봉지 하나를 집어들었다.

현지는 주유소 옆 공터에서 스트레칭을 하고 있었다. 하늘을 향해 기지개를 몇 번 펴더니 팔을 양옆으로 펼쳐 휘휘 돌렸다. 그렇게 '명의 탐방'에 열심이면서도 현지의 왼쪽 어깨는 별로 나아지는 것 같지 않았다. 시간이 흐르면서 통증은 자연스레 잦아들었지만 팔의 가동 범위는 '앞으로나란히' 상태에서 크게 벗어나지 못했다. 가끔은 현지가 오십견을 떠나보내기 싫어서 붙들고 있는 건 아닐까 하는 생각이 들 때도 있었다.

현지는 인영이 사 온 탄산수병을 반가워하며 건네받았다. 그걸 아령처럼 양손에 쥐고 허리를 90도로 굽힌 뒤 두 팔을 바닥으로 축 늘어뜨렸다. 그리고 양팔을 천천히 돌려 작은 원을 그려나가기 시작했다. 중력의 도움을 받아 어깨관절에 들러붙은 팔을 최대한 늘리는 이 스트레칭에 현지는 '뉴턴운동'이라는 이름을 붙였다. 그녀의 연초록 머리칼이 팔의 움직임을 따라 버드나무 가지처럼 이리저리 흔들렸다.

현지를 처음 보았던 날에도 그녀는 모자부터 운동화까지 채도가 다른 녹색을 몸에 휘감고 있었다. 집 근처 책방에서 열린 영화 감상 모임에 처음 참석한 날이었다. 인영은 SNS를 넘겨보다 서점에서 모임을 연다는 소식을 접했다. 퇴근 후 치료를 받는 게 전부인 일상에 무료함을 느꼈던 터라 가벼운 마음으로 신청을 했다. 토요일 오전이라 그런지 참석자는 4, 50대가 대부분이었고 인영의 또래는 현지밖에 없어 보였다. 무채색 계열의 옷차림 사이에 현지는 단연 튀었다. 사람들 사이에 큰 화분 하나가 끼어앉아 있는 것 같아서 인영은 자주 현지를 흘끗거렸다.

두 시간 남짓 영화를 보고 이야기를 나누는 게 전부인 줄 알았는데, 8주 과정의 모임 중에 두 번의 에세이 발표 시간이 있었다. 영화 〈패터슨〉을 보고 난 다음주에 현지는 '2년 차 오십견 환자의 병원 순례기'라는 제목의 에세이를 써왔다. 현지의 글은 이렇게 시작되었다. *빨래를 널 때 왼발 뒤꿈치를 들게 된 지 1년이 흘렀다.*

공터 뒤쪽 풀숲에서 삼색 카오스 무늬의 새끼 고양이가 튀어나왔다. 어른 손바닥 두 개를 이은 정도나 될까. 고양이는 팔을 늘어뜨린 현지의 주변을 빙빙 돌았다. 그녀는 동작을 멈추고 고양이 옆에 쪼그려앉았다. 이를 본 인영은 현지 쪽으로 빠르게 걸음을 옮겼다.

"언니, 아직도 고민중?"

현지는 고양이의 뒤통수를 쓰다듬으며 인영에게 물었다. 1주일 전 현지는 인영에게 입양처를 찾는 아기 고양이가 있다고 문자를 보냈다. '친구네 냥이가 새끼를 네 마리나 낳았대. 언니 고양이 키우고 싶다며. 연결해줄까.' 인영이 매일 유기묘 입양사이트를 들여다본다는 것을 현지는 알고 있었다. 인영은 현지가 보내준 사진을 한참 들여다보았다. 샛노란 몸통에 네 발 부분만 양말을 신은 것처럼 하얀 아이였다. 인영은 오래 망설이다 며칠 생각할 시간을 달라고 답장했다.

"아무래도 안 될 것 같아."

인영은 작게 한숨을 쉬었다. 현지의 팔뚝에 울긋불긋한 좁

쌀이 올라오기 시작했다. 다음엔 간식 챙겨올게, 아가. 현지는 고양이의 궁둥이를 톡톡 두드린 뒤 일어섰다. 차에 올라타 시동을 걸면서 현지는 말했다.

"미스터리야. 안 사랑하게 될까봐 무섭다니. 그게 가능한가? 아까 삼색이 보던 언니 표정, 사진 찍어뒀어야 했는데."

그게, 그럴 수도 있어. 그런 일도 일어나, 현지야. 인영은 이 말을 삼켰다.

깜박 졸았었나. 인영은 양평에 진입했다는 내비게이션 알림음에 눈을 떴다. 목적지까지는 5킬로미터가량 남아 있었다. 4차선 도로 주변의 풍경은 어수선했다. 문 닫은 식당과 빛바랜 외관의 모텔, 골조만 남은 건물, 노점상 등이 가까이 다가왔다 멀어지기를 반복했다. 정지신호에 차가 멈춰 섰다. 횡단보도 건너편에 걸린 산뜻한 진녹색 현수막이 인영의 눈에 들어왔다. '더휴 메모리얼파크-연중무휴 예약'이라는 문구가 명조체로 새겨져 있었다.

"메모리얼파크가 뭐지? 기억공원?"

인영은 고개를 갸웃거리며 말했다.

"추모공원."

현지가 인영의 말을 정정했다.

"추모공원? 아, 납골당인가봐. 요새는 이름들이 근사하네."

인영의 말에 현지는 대꾸를 하지 않았다. 시선을 정면에

둔 채 운전에 집중할 뿐이었다. 말실수라도 한 건가 싶어 인영은 현지의 표정을 살폈다. 유튜브의 랜덤 플레이리스트에서는 철 이른 가을 발라드가 흘러나왔다. 노래가 끝날 무렵, 현지는 여전히 앞을 응시한 채 혼잣말하듯 중얼거렸다.

"저기가 오늘 캠프닉 장소야."

인영은 놀란 표정으로 현지를 쳐다보았다. 인영이 무어라 답하기도 전에 현지는 옆에 있던 뻥튀기를 한 주먹 가득 집어 입에 넣더니 맹렬하게 씹어댔다. 체하겠다, 천천히 먹어. 인영의 말이 채 끝나기도 전에 현지는 무언가를 잘못 삼킨 듯 캑캑 소리를 냈다. 순간 시끄러운 경보음이 차 안을 가득 메웠다. 어린이 보호구역에 진입하셨습니다. 30킬로미터 이하로 주행하십시오. 감정이 섞이지 않은 AI 음성이 귀청이 터질 듯한 경보 알람에 섞여들어갔다. 현지는 거칠게 브레이크를 밟았다. 두 사람의 몸이 급격히 앞으로 쏠렸다 제자리로 돌아왔다. 인영은 천장에 달린 손잡이를 향해 반사적으로 오른팔을 뻗었다가 짧게 신음을 내뱉었다. 송곳으로 근육 사이사이를 헤집는 듯한 예리한 통증이 팔 전체로 퍼져나갔다.

추모공원 입구에 있는 야외 주차장은 한산했다. 장마가 코앞이라 방문객이 적은 듯했다. 여기선 임원 구역에 차 안 대도 되겠네. 현지는 시동을 끄며 말했다. 이 와중에도 농담을 하는 그녀가 인영은 신기했다. 캠프닉 장소를 밝힌 뒤에도 현지는 긴 설명을 덧붙이지 않았다. 2년 전에 떠난 애인의 납골묘가 여기 있다고, 오늘이 그녀의 서른한번째 생일이라고만 했다. 이곳은 현지에게도 초행이었다.

현지는 차 트렁크를 열었다. 캠핑용품처럼 보이는 짐과 마트 장바구니가 들어 있었다. 두 사람은 공평하게 짐을 나눴다. 현지가 테이블과 램프를, 인영이 미니 그늘막과 장바구니를 들었다. 접이식 의자도 하나씩 챙겼다. 현지는 오른쪽, 인영은 왼쪽 어깨에 캠핑 장비를 메고 언덕길을 올랐다.

언덕에 올라서자 탁 트인 전망이 눈에 들어왔다. 다랑이논처럼 계단식으로 된 비탈에는 층마다 비석들이 빼곡하게 들어차 있었다. 키 작은 나무들이 옹기종기 모여 있는 언덕도, 네모반듯한 서랍을 몸에 단 석벽이 늘어선 곳도 있었다. 현지는 잎이 풍성한 느티나무 아래에 그늘막을 쳤다. 폴대를 세우고 줄을 감는 손놀림이 꽤 능숙해 보였다. 현지는 두 팔을 위로 뻗을 때마다 스텝을 밟듯 왼발 뒤꿈치를 사뿐히 들었다 놓았다. 그늘막 아래에 캠핑 의자와 테이블까지 펼친 뒤 그녀는 인영을 불렀다.

"정말…… 여기서 이런 걸 해도 괜찮은 걸까?"

인영이 주저하는 투로 물었다.

"올라올 때 못 봤어? 유족들의 휴식을 위해 조성된 공간이라잖아. 우린 좀더 본격적으로 쉬는 것뿐이야."

현지는 이렇게 말하며 장바구니에서 텀블러 두 개를 꺼냈다.

"우리 동네 만나식당 알지? 거기 사장님이 단골들한테만 파는 한정판이야."

현지가 건네준 텀블러에는 차가운 식혜가 들어 있었다. 아이고, 이제 숨 좀 돌리자. 현지는 버릇처럼 왼쪽 어깨를 두번 돌린 뒤 캠핑 의자에 푹 파묻혔다. 인영도 산등성이가 보이는 쪽을 향해 의자를 돌려 앉았다. 구름이 낮게 내려앉아 사위가 어두웠지만 그 덕에 오렌지색 램프의 빛무리가 아름답게 도드라져 보였다. 비 냄새가 옅게 스민 바람이 간간이 불어왔다. 탁자 위 블루투스스피커에서는 올드팝이 흘러나왔다. 아바와 카펜터스를 거쳐 감미로운 남자 보컬의 노래가 시작되었다. 낭만적인 느낌의 멜로디와 적당히 나른한 템포. 인영은 자세를 고쳐 앉았다. 귀에 익은 곡이었지만 제목이 생각나지 않았다. 어느새 자리에서 일어난 현지가 담배를 꺼내 불을 붙였다.

순간 조금 전 들었던 노래의 제목이 인영의 머릿속에 떠올랐다. 고모가 늘 듣던 라디오에서 자주 흘러나왔던 곡이었다. 매일 밤, 늦은 저녁을 먹고 난 뒤 고모는 위스키를 챙겨 거실 테이블에 앉았다. 술잔을 옆에 두고 담배를 피우며 성경을 읽었다. 고모는 미간을 잔뜩 찌푸린 채 작은 글씨들을 들여다보다 좋아하는 팝이 나오면 잠깐 고개를 들고 창밖을 바라보았다. 이 곡이 흘러나올 때는 작게 따라 부르기도 했다. 언젠가 인영이 왜 그렇게 이 노래를 좋아하느냐고 물어보았을 때 고모는 잠시 생각하더니 이렇게 말했다. 제목이 봄 여름 겨울, 그리고 가을이잖아. 겨울 다음에 가을이 온다니, 멋지지 않니. 인영은 그게 왜 멋진 일인지 이해할 수 없었지만 어쩐지 고모의 대답만은 마음에 들었다.

여섯 살 조카를 왜 서른일곱의 그녀가 맡게 되었는지에 대해 인영은 누구에게도 설명을 들은 기억이 없었다. 사고로 하루아침에 부모를 잃은 아이를 가족 중 누군가는 책임져야 했을 것이고 딸린 식구가 없는 그녀에게 넘겨졌을 거라고, 시간이 꽤 흐른 뒤 짐작했을 뿐이었다. 나중에 알게 된 거지만 고모는 그때도 이미 많은 것을 떠안고 있었다. 결혼 못한 딸이자 대학병원 의사라는 이유로 부친의 빚을 혼자 갚았고 형제들의 결혼자금에 적금을 보탰다. 인영이 고등학교를 졸업하자마자 고모를 떠난 것은 그녀의 알코올중독 때문이 아니었다. 어느 순간 알아차렸기 때문이다. 고모가 더이상 자신을 사랑하지 않는다는 것을.

"언니, 배고프지 않아?"

현지가 캠핑 의자에서 몸을 일으켜 장바구니를 뒤졌다. 아까 그거 진짜 맛있었는데. 현지는 차에 두고 온 뻥튀기가 생각나는지 입맛을 다셨다. 장바구니 안에 든 것들은 죄다 과자나 쿠키, 초콜릿이었다. 수박맛 초코파이, 간장치킨맛 홈런

볼, 로제떡볶이맛 포카칩, 다코야키맛 꼬깔콘, 불닭볶음면맛 새우깡······

"이게 다 뭐야?"

"애인 취향. 평생 입맛이라고는 없던 사람인데 신상 과자에는 그렇게 집착을 했거든. 특이한 맛만 골라서."

말하자면 성묘용 음식인 거냐고 인영이 묻자 현지는 그렇게 또 의미 부여할 것까진 아니고, 라며 싱긋 웃었다. 인영은 그중 가장 난도가 낮아 보이는 수박맛 초코파이를 골랐다. 포장을 뜯자 초록색 파이가 나타났다. 동그란 겉면에는 검은색 줄무늬까지 정교하게 그려져 있었다. 한입 베어물자 놀랍게도 수박향이 코끝에 훅 끼쳤다.

"오, 진짜 수박맛이야."

인영의 말에 현지도 한 봉지를 집어들었다. 가장자리를 조금 떼어 맛보더니 현지도 놀라워했다. 올해 첫 수박이네, 라며 현지는 초코파이를 한입에 털어넣었다.

"근데, 안 찾아봐도 돼?"

인영은 현지의 눈치를 살피며 조심스레 물었다.

"뭐, 영혼이 뼛가루 속에 담겨 있진 않을 테니까."

현지는 담담한 목소리로 식혜를 한 모금 마시더니 고개를 들어 주위를 둘러보았다. 한층 거세진 샛바람에 나뭇잎들이 요란한 마찰음을 내며 흔들렸다. 먼 데서 파도가 들이치는 소리처럼 들리기도 했다. 현지는 흩날리는 머리칼을 한데 묶어

정수리 쪽으로 틀어올렸다. 그러다 문득 생각난 듯 인영에게 물었다.

"언니는 오십견 처음 온 날, 기억해?"

"글쎄…… 미친 듯이 야근했던 시즌이었는데. 시간외수당이 거의 월급만큼 나와서 놀랐던 건 확실히 기억나."

현지는 인영의 자조적인 농담에 눈을 흘기며 피식 웃었다.

"넌?"

현지는 다코야키맛 꼬깔콘 봉지를 뜯었다. 모양이 예쁜 것을 골라 신중하게 손가락에 하나씩 끼우며 중얼거렸다.

"망할 장례식, 바로 다음날이었어."

2년 전, 애인의 장례식에 다녀온 다음날부터 왼팔을 못 쓰게 된 건 비유나 과장이 아니라 문자 그대로의 사실이라고 현지는 말했다. 직계가족만 모여 간결하게 치른 2일장이었다. 현지는 이틀 내내 그곳을 찾았다. 향을 피우고 절을 하고 육개장을 먹었다.

"부의금은 넣지 않았어. 나는 조문객이 아니라 상주니까. 유나도 내가 상주라고 생각할 테니까."

인영도 상주였던 적이 있었다. 활짝 웃는 부모의 사진과 그 방을 채운 향냄새를 지금도 또렷이 묘사할 수 있다. 자정 무렵 불 꺼진 빈소에서 들리던 어른들의 낮고 심각한 목소리도. 무슨 이야기를 나누는 건지 궁금했지만 인영이 조금이라도 뒤척이는 기색을 보이면 대화는 금세 끊어지고 말았다. 인영은 이 얘기를 들려주는 대신 현지 옆으로 의자를 옮겨 앉았다. 팔을 뻗어 현지의 왼쪽 어깨에 가만히 손을 올렸다. 그날 이후, 무엇이 이곳으로 향한 현지의 발을 그토록 묶어두었는지 궁금했지만 묻지 않았다. 다만 현지의 등에도 알알이 박혀 있을 근육의 파편들을 생각했다. 보드랍고 무른 조직이 돌처럼 굳어갈 때까지 현지가 견뎌왔던 것들의 정체를. 날개뼈가, 어깨가, 팔이 움직일 수 없도록 주위를 단단히 에워싸고 붙들어 맨 희고 딱딱한 조각들의 기원을.

인영은 현지에게 처음 연락했던 날을 떠올렸다. 영화 모임이 끝나갈 무렵이었고, 전날 병원에서 배운 스트레칭을 해보기 위해 거울 앞에 선 날이었다. 인영은 두 발을 어깨너비로 벌리고 섰다. 가볍게 호흡을 하며 목을 돌린 후 두 날개뼈가 닿을 것처럼 가슴을 뒤로 젖혔다. 운동을 가르쳐주면서 인영의 어깨를 반복해서 끌어내리던 의사의 말이 귓가에 맴돌았다. 이 동작을 할 때는 절대 어깨가 올라가선 안 됩니다. 어깨 내리세요, 어깨. 가슴을 젖힌 뒤 옆구리 근육을 써서 양팔을 움직일 차례였지만 인영은 의사의 그 말 때문에 다음 동작으로 나아가지 못했다. 가슴을 뒤로 젖히려고 하면 어깨가 먼저 올라가 있었다. 어깨를 내린 채 날개뼈를 모으는 것은 불가능했다. 뇌의 한 부분이 고장난 것처럼 어깨에서 힘을 빼는 법을 알 수 없었다. 첫 동작에서부터 한발짝도 나아가지 못하고 30분 동안 제자리에 서 있다가 인영은 침대로 기어들어갔다.

한 시간쯤 이불 속에서 웅크리고 있다 현지에게 메시지를 보냈다.

―어깨를 못 내려서 운동을 시작하지도 못했어요. 이걸 어디에 말해야 할지 몰라서요.

현지는 바로 전화를 걸어왔다. 통화를 마쳤을 때는 1시간 20분이 지나 있었다. 며칠 뒤 현지에게서 메시지가 왔다.

―뒷단추가 달린 옷을 모두 버렸어요.

현지와 할 얘기는 차고 넘쳤다. 증상과 징후에 대해 말하는 것만으로도 시간이 모자랐다. 두 사람은 오늘의 멍자국과 오늘의 팔 가동 범위와 새로운 통증에 대해 수시로 메시지를 주고받았다. 현지는 인영에게 원 플러스 원으로 구입한 마사지볼을 보냈다. 인영은 유튜브에서 새로운 운동법을 발견할 때마다 현지에게 공유했다.

하지만 현지에게도 하지 못한 말이 있었다. 아픈 어깨 쪽으로 몸을 세우고 모로 누워 잘 때가 있다고. 그렇게 자고 일어난 아침이면 인영의 오른팔은 나무토막처럼 뻣뻣해져 있었다. 어깨의 가동 범위는 형편없이 줄어 있었고 조금만 잘못 움직여도 힘줄이 끊어지는 듯한 통증이 찾아왔다. 하루도 빼먹지 않고 열심히 해왔던 운동이 물거품이 되어버린 것을 확인하는 동시에 영영 팔을 되찾지 못할 것 같은 예감에 휩싸이는 순간을 인영은 자발적으로 만들어냈다. 고모와 헤어진 뒤 삶의 패턴은 늘 그런 식이었다. 조금씩 스스로를 어둠 속으로 밀어넣는 고모를 이해하지 못했으면서도 그랬다. 어쩌면 이해하지 못했으므로 되풀이하는 것일지도 몰랐다.

현지가 하늘을 향해 손바닥을 펼쳤다.
"방금 차가운 게 떨어졌는데."
인영은 그늘막에서 나와 하늘을 바라보았다. 부쩍 짙어진 구름 색이 심상치 않아 보였다. 현지가 그늘막을 걷기 시작했다. 인영도 그녀를 따라 테이블과 의자를 접었다. 두 사람은 짐을 챙겨 빠른 걸음으로 언덕을 내려왔다. 바람이 옅은 휘파람 소리를 내며 나무 사이를 휘돌았다. 하늘에서 순간 섬광이 일었다.

야외 주차장에는 현지의 차만 덩그러니 놓여 있었다. 트렁크에 짐을 대충 밀어넣고 두 사람은 서둘러 차에 올랐다. 현지가 시동을 걸자마자 하늘을 찢는 듯한 천둥소리가 사방을 덮쳤다. 비가 무섭게 쏟아지기 시작했다. 현지는 와이퍼의 속도를 높이고 비상 깜빡이를 켰다. 하지만 퍼붓는 비의 기세는 누그러질 줄 몰랐다. 현지는 기어에서 손을 떼고 안전벨트를 풀었다.

"안 되겠다, 언니."
비가 잦아들 때까지 기다려보자는 그녀의 말에 인영은 고개를 끄덕였다. 천장을 뚫을 것처럼 요란한 빗소리를 들으며 인영은 어린 시절 TV에서 봤던 뉴스를 떠올렸다. 여름의 끝자락마다 우비를 입고 등장하던 기자들. 그들의 얼굴을 타고 흐르던 빗줄기와 계곡을 뒤덮은 황토물. 밧줄에 위태롭게 매달린 사람들. 팔을 길게 뻗은 구조대원. 집중호우. 실종. 수해. 사망자…… 화면을 가득 메운 글자들. 어린 인영이 품었던 궁금증은 한결같았다. 비가 오면 바로 텐트를 걷고 피하면 되지 않나. 저들은 물이 저렇게 불어날 때까지 왜 가만히 있었던 거지.

이제는 안다. 그들은 아무것도 안 한 게 아니다. 이렇게 물이 빨리 덮쳐올 줄 몰랐다. 아니, 알았더라도 피하지 못했을 것이다. 어떤 것 앞에서는 그저 속수무책이니까. 어쩌면 고모도, 나도 그랬던 건 아닐까.

영영 가둬놓고 싶었던 물음을 떠올리는 순간 인영은 강한 한기를 느꼈다. 키링 인형을 찾아 손에 꼭 쥐었다. 그때 무엇인가가 인영의 어깨를 슬그머니 감쌌다. 언니, 춥구나. 언제 챙긴 건지 인영의 것과 같은 무늬의 캠핑용 담요가 현지의 무릎에도 덮여 있었다.

해가 지려면 한참 멀었는데도 바깥은 깊은 밤처럼 어둑했다. 한동안 말없이 빗줄기를 바라보던 현지는 운전석 등받이를 뒤로 젖히고 무릎을 세웠다. 뒷좌석으로 손을 뻗어 뻥튀기 봉지를 가져오더니 도토리처럼 한 알씩 갉아먹기 시작했다.

"다람쥐냐."

인영의 말에 현지는 딴소리를 했다.

"그 아홉 번 태어난 다람쥐 영화, 생각나? 제목이 뭐였지?"

영화 모임에서 마지막으로 함께 본 작품은 단편소설을 각색한 짧은 애니메이션이었다. 사랑이 뭔지 알지 못하던 다람쥐가 아홉 번의 생을 거치면서 누군가를 사랑한다는 게 어떤 것인지 깨달아가는 내용이었다. 환생을 거듭할수록 다람쥐는 이전의 자신과는 점점 다른 존재가 되어갔다. 도도하고 인기 많은 다람쥐부터 우연히 선인장을 만나 사랑에 빠진 다람쥐, 선인장을 다시 만나기 위해 온 세상을 헤매고 다니는 다람쥐, 마침내 마지막 생에서 파트너인 선인장 화분 곁에서 눈을 감는 다람쥐까지. 마지막 모임에서 현지는 여느 때와 조금 달라 보였다. 영화가 끝난 뒤 늘 대화를 주도해온 것과 달리 그날은 거의 말을 하지 않았고 다른 이들의 얘기에도 별다른 반응을 보이지 않았다. 그저 작은 노트를 펼쳐 무언가를 끄적일 뿐이었다. 인영은 담요의 무늬를 손가락을 더듬으며 현지에게 물었다.

"유나는 어떤 사람이었어?"

"글쎄…… 선인장 같은 사람?"

현지는 말끝을 살짝 올렸다. 선인장이라. 영화 속 선인장은 어떤 캐릭터였지. 아니, 이제 그런 건 상관없어진 건가. 인영은 등받이를 조절해 현지와 비슷한 각도로 의자를 눕혔다. 담요를 펼쳐 목까지 끌어 덮었다. 귓가에 현지의 목소리가 들려왔다.

"언니."

"응."

"나 이제 조금 덜 무섭다."

"뭐가."

현지는 대답이 없었다. 침묵이 오래 이어지자 인영은 다시 한번 물었다.

"뭐가 덜 무서운데?"

"……"

얕고 나직한 숨소리가 인영의 귓가에 들려왔다.

"현지야, 자?"

숨소리가 뚝 끊겼다.

"…… 자긴, 언니 말 다 듣고 있지."

현지는 졸음이 잔뜩 묻은 목소리로 말했다.

인영은 양손을 깍지 껴서 머리 뒤로 가져갔다. 말려들어간 어깨 때문에 팔베개를 하면 자꾸 고개가 오른쪽으로 기울었다. 인영은 두 무릎을 당겨와 웅크린 뒤 애벌레처럼 담요로 몸을 감쌌다. 창문 쪽으로 돌아누웠다. 창가에 머리를 기대자 서늘한 감촉이 정수리에 전해졌다. 빗소리가 머리를 통해 몸 전체로 퍼져나가는 듯한 느낌이 나쁘지 않았다.

"…… 그러니까 언니도…… 그거 있잖아. …… 그때…… 무섭다고……"

수명을 다한 전구처럼 현지의 목소리가 깜빡깜빡 커졌다

꺼지기를 반복했다. 인영은 왼팔로 오른쪽 어깨를 감싸안으며 희미하게 고개를 끄덕였다.

* 작품 속에 등장하는 애니메이션은 이유리 연작소설 『좋은 곳에서 만나요』(안온북스, 2023)에 수록된 단편 「아홉 번의 생」의 일부 내용을 변형하였습니다.

돌스의 사생활

사무실의 벽시계는 5분이 빨랐다. 생방송 시작까지 27분이 남았다는 얘기다. 수진은 프린터에서 막 뽑은 큐시트를 챙겨들었다. 오븐에서 막 꺼낸 쿠키처럼 종이가 따끈했다. 슬슬 생방송 스튜디오로 내려가야 할 시간이었다.

"피디님, 돌스 5분 뒤에 도착한다는데요."

조연출 지호가 종종걸음으로 수진에게 다가왔다.

"30분 전에 대기시켜놓으라고 했잖아."

"몇 번이나 당부했는데…… 이제 63빌딩 지났다니까 곧 도착할 것 같지 말입니다."

제대한 지 1년이 넘었는데도 지호는 긴장을 하면 '다나까'로 말하는 버릇을 버리지 못했다.

"못해도 15분은 걸리겠네. 63 지났다는 매니저 말은 이제 마포대교 탔다는 얘기야."

수진은 지호에게 큐시트를 건네고 엘리베이터로 향했다. 지호는 생방송 때 쓸 스케치북과 필기도구, 줄자, 종이컵 등을 챙겨 그녀의 뒤를 따랐다. 작가들은 대기실에서 제민에게 리딩 연습을 시키고 있을 것이다. DJ를 한 지 1년이 넘었는데도 제민은 원고를 읽는 데에 실수가 잦았고 특히 초대석 코너에서 자주 헤맸다. 랩은 그렇게 잘하는 애가 원고 리딩에 서툴다는 게 수진은 이해가 되지 않았다. 그래도 돌스 멤버들과는 연습생 시절부터 알고 지냈다니 평소보단 나을 터였다. 아니, 나아야 했다.

돌스를 섭외하기 위해 그동안 얼마나 공을 들였는지 생각하면 수진은 아직도 뒷머리가 뻐근하게 당겨오는 것 같다. TV 예능국에서 걸 그룹 유닛 오디션프로그램인 〈밋더걸스〉를 기획할 때 미리 정보를 입수해두었다. 입사 동기인 황이 메인 연출을 맡은 덕이었다. 황은 오디션 결승 미션 중 하나로 라디오 생방송을 계획하고 있다고 수진에게 귀띔했다. FM 채널에 공식 협조 요청이 들어오기 전에 먼저 선수를 쳐야 했다. 수진이 맡고 있는 〈제민의 라디오 플래닛〉이 K팝 전문 프로그램이긴 했지만 밤 10시는 소위 메인 시간대가 아니었다. 한 달 전부터 부장에게 작업을 해두었지만 역시나 막판에 낮 12시와 오후 4시 프로그램이 치고 들어왔다. 12시는 청취율이 가장 높았고 4시는 DJ 파워가 셌다. 〈밋더걸스〉 유닛 그룹의 출연 시기가 청취율 조사 기간과 겹치면서 경쟁은 더 치열해졌다. 4시 프로그램을 하는 홍 선배는 돌스 섭외를 빼앗긴 후로 사무실에서 마주치면 수진의 인사를 받지 않았다.

엘리베이터 안에서 휴대폰을 들여다보던 지호가 놀란 표정으로 어어, 하는 소리를 냈다.

"피디님, 오늘 애들 네 명 다 오는 거죠?"

"물론이지, 왜?"

지호는 수진에게 전화기를 내밀었다. 돌스 멤버인 새아를 몇 시간 전 강남 S병원 응급실에서 봤다는 내용이 SNS에 올라와 있었다. 리트윗한 횟수가 1만 건이 넘었다. 수진은 해당 게시물을 클릭했다.

-이거 루머입니다. 소속사에서 아니라고 이미 해명했어요.

-제 친구 지인이 이 병원 근무하는데 새아 치료받고 있는 거 맞대요.

-새아 오늘 제라플 생방한다고 스케줄 올라왔어요. 허위 정보 지워주세요.

게시물 아래에는 사실 여부를 놓고 공방을 벌이는 수십 개의 댓글이 달려 있었다. 수진은 포털사이트 앱을 열어 '새아'를 검색했다. 그녀가 입원했다는 뉴스는 없었.

문득 오후에 받지 못한 전화가 떠올랐다. 돌스 소속사의 차 실장이었다. 수진은 그때 부장과 면담을 하고 있었다. 제민이 프로, 다음 개편 때 위험해 보여. 부장은 이제 4년 차인 수진에게 K팝 프로그램의 메인 연출을 맡길 만큼 그녀를 신뢰했다. 그런 그가 하는 말은 단순 경고성이 아닐 터였다. 이번 청취율 조사에서 반등 못 하면 쉽지 않을 거야. 오늘 방송 잘 만들어봐. 이번에 돌스, 특별히 힘 실어준 거 알지? 면담을 끝내고 수진은 차 실장에게 바로 전화를 걸었다. 그는 실수로 통화 버튼을 잘못 눌렀다며 이따 밤에 방송국에서 보자고 했다. 전화상으로는 특별히 이상한 낌새가 없었다. 약간 쉰 듯한 목소리와 싹싹하고 시원시원한 말투도 평소와 같았다.

"설마."

"설마, 뭐요?"

지호는 눈을 크게 뜨고 수진을 바라보았다. 그녀는 손을 내저으며 엘리베이터에서 내렸다. 무슨 일이 생겼다면 차 실장이 어떻게든 연락을 해왔을 것이다. 괜한 의구심은 정신 건강에 좋지 않다. 수진은 머리에서 '설마'를 깨끗이 지웠다.

대기실은 촬영용으로 설치해둔 조명 덕에 평소보다 두 배나 환했다. 수진은 〈밋더걸스〉 촬영감독과 눈인사를 한 뒤 제민의 맞은편 소파에 앉았다. 원고를 넘겨보던 그는 수진에게 눈을 찡긋하며 웃어 보였다. 주말 새에 제민의 얼굴이 어딘가 조금 달라진 것 같았다. 앞머리를 내려 이마를 가리고 아이라인을 평소보다 짙게 그리긴 했지만 단지 그 때문만은 아닌 듯했다. 수진은 그의 옆자리로 옮겨 앉았다.

"오늘 몰라보겠는데? 돌스 온다고 이렇게 대놓고 신경쓰기야?"

"내가 누나 말고 잘 보일 사람 누가 있다고. 주말에 모처럼 시간 나서 관리 좀 받았는데, 괜찮아 보여요?"

수진의 핀잔에 제민이 능글거리며 대꾸했다. 옆얼굴을 보니 콧대와 턱선이 조금 달라지긴 했다. 볼그스름하고 윤기가 도는 입술도 유난히 도톰해 보였다. 눈 아래쪽까지 꼼꼼히 글리터를 얹은 제민의 속눈썹은 수진의 것보다 두 배는 길어 보였다.

"피디님, 이따 생방 때 체크할 것만 표시해놨어요."

메인 작가 최와 서브 작가 정이 수진에게 원고를 내밀었다. 〈밋더걸스〉 결승 미션 첫날이라 챙길 게 많았다. 청취자 메시지 개수와 팀 미션 점수, SNS 언급량, 해외 팬 지수 등으로 총점을 매길 계획이었다. 황 피디는 점수 집계만 깔끔하게 된다면 방식은 상관없다며 세부 구성을 전적으로 그녀에게 맡겼다.

"참, 엔지니어감독님이 부스 자리표 만들어달라고 하셔서요. 멤버들 이렇게 앉히면 될까요?"

지호가 수진에게 종이 한 장을 내밀었다. 가운데 DJ석을 중심으로 새아와 린린이 제민의 왼편, 은소와 썸머가 오른편에 앉도록 표기돼 있었다.

"갑자기 자리표는 왜? 서 감독님 눈썰미 좋아서 애들 금방 외우던데?"

"돌스는 자신 없대요. 솔직히 저도 TV에서 보면 헷갈릴 때가 있거든요."

최 작가가 옆에서 한마디 거들었다. 그러고 보니 돌스의 실물은 제작진 모두 처음 보는 거라 그게 안전하겠다 싶었다. 린린과 은소는 특히 쌍둥이처럼 이목구비가 비슷했다. 더구나 결승 미션에 맞춰 의상과 헤어 콘셉트를 새롭게 해오겠다고 차 실장이 얘기한 터였다. 돌스 신관 로비 도착했다는데요, 라고 지호가 알려온 순간 대기실 문이 열렸다.

"둘, 셋, 안녕하세요! 저희는 디오엘엘 앤 에스, 돌스입니다."

늘씬한 네 명의 여자아이가 수진을 향해 일렬로 서더니 밝은 목소리로 인사했다. 목소리의 톤도, 허리를 굽힌 각도도 자로 잰 듯 정확했다. 열대과일처럼 달고 진득한 향수 냄새가 수진의 코끝에 훅 끼쳤다. 바비 인형의 실사판. 수진의 머릿속에 처음 떠오른 말이었다. 동그랗고 볼록한 이마, 각기 다른 농도의 푸른 눈동자, 큰 눈에 대비되는 조그마한 입술. 머리색은 화이트에 가까운 금발이 둘, 쨍한 핑크와 파스텔톤의 보랏빛이 각각 한 명씩이었다.

이번 결승 미션의 의상 콘셉트는 봄 새 학기 시즌에 맞춘 스쿨걸룩이었다. 멤버들은 디자인이 조금씩 다른 플레어 미니스커트에 허리가 드러나는 크롭 저지를 입고 있었다. 수진의 시선은 자연스레 허리 쪽으로 향했다. 희고 매끈한 허리는 두 손이면 잡을 수 있을 만큼 가늘어 보였다. 저렇게 얇은 몸통을 만들기 위해 갈비뼈 두 개인가 세 개인가를 제거했다는 소문이 업계에 파다했다. 인터넷게시판에도 그런 이야기가 떠돌자 소속사는 사실이 아니라고 해명에 나섰다. 돌스의 허리라인은 과학적인 비주얼 컨설팅의 결실이라며 멤버들의 식단표와 운동 루틴 영상을 SNS에 공개하기도 했다.

서 감독의 말이 맞았다. 영상으로 수십 번을 보았는데도 막상 실물을 마주하니 수진은 누가 누구인지 분간이 되지 않았다. 작가들이 멤버들에게 원고를 나눠주며 자리 정리를 하는 동안 수진은 곁눈으로 이들의 특징을 빠르게 파악했다. 금발에 실버 부츠가 새아, 핫핑크색 포니테일에 하얀 니삭스가 린린, 양 갈래로 땋은 헤어에 골드 저지가 은소, 연보라색 머리에 레인보우 스니커즈가 썸머였다. 수진은 볼펜을 꺼내 큐시트 귀퉁이에 각 멤버의 이름과 머리색, 의상을 작게 메모했다.

"수진 씨, 어서 와. 여긴 벌써부터 난리도 아냐."

생방송 스튜디오로 들어서자 서 감독이 창문 쪽을 가리키며 말했다. 방송국 로비에서 스튜디오 안을 볼 수 있도록 해둔 전면 유리창에는 카메라 렌즈 수십 대와 플래카드가 빈틈없이 붙어 있었다. 앞자리 맡겠다고 밖에서 밤새운 애들도 수두룩해. 서 감독은 콘솔 음향을 체크하며 가볍게 혀를 찼다. 수진의 눈에 보이는 팬들만 해도 어림잡아 백 명은 넘어 보였다.

　수진은 모니터를 체크하고 시그널 음악을 찾아 스탠바이 상태로 맞춰두었다. 유리 부스 너머로 헤드폰을 쓰고 마이크 스탠드를 조절하는 제민이 보였다. 수진은 토크백마이크 버튼을 눌러 제민에게 말했다. 오늘 가볍게 문자메시지 10만 건만 가자. 제민은 웃으며 손을 번쩍 들었다. 스튜디오의 시계가 '22:00'으로 바뀌었다. 온에어 박스에 빨간불이 켜졌다.

　"〈제민의 라디오 플래닛〉에 오신 지구인 여러분 환영합니다. 제라플은 오늘부터 사흘간 〈밋더걸스〉 결승 미션, 톱 스리 특집으로 꾸며지는데요. 첫날인 오늘의 스페셜 게스트, 어떤 팀인지 다들 알고 계시죠? 광고 듣고 바로 시작합니다! 채널 고정!"

　광고가 나가는 동안 새아, 린린, 은소, 썸머가 생방송 부스 안으로 들어섰다. 이들이 라이브 리허설을 위해 차례로 스탠딩 마이크 앞에 서자 문자메시지 모니터의 숫자가 빠르게 올라갔다. 수진은 인터넷과 모바일로 나가는 '보이는 라디오' 화면을 체크했다. 모바일 채팅창에는 동시접속 인원 초과 아이콘이 깜빡였다. 방금 문자 2만 건 넘었습니다. 수진의 등뒤에서 지호가 상기된 목소리로 말했다.

　"이쪽 바닥은 진짜 모르겠다니까. 솔직히 수진 씨도 돌스가 이 정도로 뜰 줄은 짐작 못했지?"

서 감독이 수진에게 동의를 구하듯 물었다. 그러게요, 라며 수진은 고개를 끄덕였다.

〈밋더걸스〉 시작 전만 해도 돌스가 상위권 후보로 점쳐지지 않은 건 사실이었다. 걸 그룹 내에서 인지도가 낮은 멤버들이 유닛을 꾸려 경쟁하는 콘셉트라 대형 기획사 소속팀이 유리할 거라는 예측이 대다수였다. 돌스의 소속사는 중견급이긴 했지만 이른바 '아이돌 전문'이 아닌데다, 멤버들이 소속된 걸 그룹이 데뷔 초부터 구설수로 시끄러웠다. 데뷔 앨범을 내고 얼마 지나지 않아 한 명이 과거 학폭 의혹으로 팀을 탈퇴했고 두번째 타이틀곡은 표절 시비에 휩싸였다. 가슴성형 사실을 과감히 밝히며 〈밋더걸스〉에 도전한다는 연예 뉴스도 반짝 화제가 되었을 뿐이었다.

하지만 프로그램이 시작되자 돌스는 바로 10위권에 진입했다. 발랄한 느낌의 신곡과 구체관절인형의 몸짓을 본뜬 댄스, 그에 걸맞은 정교한 스타일링이 먹혀들었다. 볼륨감을 살린 몸매와 과장된 헤어스타일, 바비 인형의 옷을 그대로 재현한 듯한 의상은 분명 요즘 트렌드와 거리가 있었다. 하지만 그게 오히려 기존 여자 아이돌그룹과의 차별점을 만들어냈고 대중은 '레트로한 인공미'를 내세운 돌스에 반응했다.

멤버 중에서는 새아와 은소의 인기가 가장 높았다. 그전까지 섹시미를 고수해온 새아는 콧날과 눈매 성형으로 전체적인 인상을 귀엽고 깜찍하게 바꾸었다. 은소는 청순한 소녀의 얼굴에 글래머러스한 몸매를 부각한 반전 매력 콘셉트를 내세웠다. 매주 조금씩 순위를 높여가던 돌스는 3주 전 명곡 리메이크 미션에서 처음으로 우승을 했다. 돌스의 첫 싱글곡은 음원사이트에서 한 달 넘게 1위를 지키고 있었다.

"근데 새아, 살 좀 찐 것 같지 않아요? 볼이 원래 저렇게 통통했나?"

'보이는 라디오' 화면을 들여다보던 최 작가가 말했다.

"주사 좀 세게 맞았나보죠. 제 눈은 린린 볼살이 더 오른 것 같은데요? 콧대도 오뚝해지고. 참, 지호야."

수진은 주위를 돌아보며 지호를 찾았다.

"차 실장 왜 안 보이니? 아까 돌스 애들이랑 같이 온다고 했었는데."

"글쎄요. 따로 들은 말은 없는데…… 전화해볼까요?"

"아냐, 놔둬. 근데, 그렇게 이쁘냐?"

수진은 선 채로 부스 안을 뚫어지게 쳐다보는 지호의 팔을 툭 쳤다. 지호는 쑥스러운 듯 살짝 얼굴을 붉혔다.

방송은 별 탈 없이 흘러갔다. 노래방 라이브 미션 때 반주 첫 부분이 잘못 나가긴 했지만 제민은 이런 게 생방의 묘미 아니겠냐면 능숙하게 눙치고 넘어갔다. 개인기 미션 때 썸머가 선보인 성대모사 메들리는 쇼트폼 영상으로 뽑기에 딱 좋았다. 스튜디오의 시계가 밤 10시 50분을 가리켰다. 감독님,

토크 마무리되면 광고 낼게요. 수진은 DJ가 보는 프롬프터에 '1부 종료 5분 전'이라고 썼다. 그때 스튜디오 문이 살며시 열렸다. 차 실장이었다.

"왜 이렇게 늦었어요? 애들 방송 모니터도 안 하고. 그래도 되는 거예요?"

수진의 핀잔에 차 실장은 빙긋이 웃으며 지호에게 음료가 든 캐리어를 건넸다.

"회의가 늦게 끝나서요. 방송은 운전하고 오면서 다 들었죠. 애들 잘하죠?"

차 실장은 수진의 자리에 CD 한 장을 슬그머니 밀어두었다.

"지난번에 말씀드린 보이 밴드요, 아까 저녁에 음원 풀렸습니다. 라디오 생방용으로 어쿠스틱 편성도 다 짜놨고요."

"아, 나왔구나. 다음주에 라이브 한 자리 빈 것 같은데, 이따 스케줄 한번 볼게요."

수진은 2부 큐시트 맨 위에 써둔 세븐틴의 노래를 지우고서 감독에게 CD를 건넸다. 토크백마이크 버튼을 눌러 제민을 불렀다.

"우리 11시에 나갈 곡 바뀌었어, 돌스 후배 걸로. 은소가 곡 소개하는 걸로 해줘."

제민은 엄지와 검지로 동그라미를 만들어 수진에게 흔들어 보였다.

"피디님, 감사합니다."

돌스의 사생활　213

차 실장은 무릎을 낮춰 수진과 눈높이를 맞춘 뒤 고개를 꾸벅 숙였다. 오늘따라 유독 눈 밑이 거무스레했다. 수진은 며칠 전 방송국 주차장에서 그와 담배를 피우며 나눴던 대화를 떠올렸다. 이번에 돌스 안 터졌으면 지금쯤 우리 회사 문 닫았을 거예요. 차 실장은 회사 재정 상황이 말이 아니라며 기획사 전체가 돌스에 사활을 건 상태라고 털어놓았다. 수진이 라디오국에 입사했을 때 록밴드 로드매니저였던 그는 지난해 돌스 소속사로 옮겨 아이돌그룹 매니지먼트를 해오고 있었다.

4만 8천 건. 수진은 모니터에서 문자메시지 개수를 확인했다. 초반보다는 기세가 약해졌지만 아직 방송이 한 시간 더 남아 있었다. 그녀는 지호에게 SNS 실시간 트렌드 순위와 연예 뉴스 메인 기사를 확인해달라고 주문했다.

"피디님, 이따 전화 연결할 청취자 후보 좀 봐주세요."

정 작가가 문자 사연이 정리된 종이를 수진에게 건넸다. *저 오늘 생일인데요 기념으로 새아 누나랑 전화 통화할 수 있을까요?, 은소 씨 팬인데요 다음주에 입대해요 잘 다녀오라고 응원 한마디 듣고 싶습니다, 린린 언니 라이브 너무 멋졌어요 언니와 함께 돌스 노래 한 소절 듀엣하고 싶어요.*

특별히 눈에 띄는 사연은 보이지 않았다. 수진은 대충 훑어본 뒤 맨 위에 있는 문자 두 개를 골라 정 작가에게 돌려주었다.

"바프 퀴즈 준비는 다 됐지?"

"그럼요, 근데 지호 씨가 절 심하게 부러워하는데요?"

정 작가의 말에 지호가 전혀 아니라며 손을 내저었다.

"지호야, 네가 사이즈 재다간 감옥 가는 수가 있어. 우리가 네 면회까지 가야겠니."

최 작가의 정색한 목소리에 서 감독이 소리 내어 웃었다.

"방금 은소 씨가 소개한 원더보이스의 데뷔곡 〈스프링 피버〉 들으시고요. 저희는 노래 나가는 동안 바디프로필, 바프 퀴즈 준비하고 있을게요. 먼저 몸풀기 퀴즈 나갑니다. 오늘, 제라플이 선정한 돌스의 바디프로필은 어디일지 정답 맞춰주세요. 청취자 다섯 분께 리조트 숙박권 쏩니다."

온에어 사인이 꺼지자 정 작가가 줄자를 들고 생방 부스로 들어갔다. '바프 퀴즈'는 아이돌 그룹이 출연할 때마다 해오던 프로그램의 대표 코너였다. 어깨, 이마, 인중, 눈썹, 새끼손가락, 손목 등 멤버들의 신체 한 부위를 재고 청취자들이 사이즈 순위를 맞추는 단순한 구성이었지만 팬들의 반응이 가장 뜨겁고 상품도 많았다.

수진은 촬영감독에게 돌스 멤버들의 상반신을 타이트하게 잡아달라고 말했다. '보이는 라디오' 화면에 크기도 모양도 동일한 네 사람의 가슴이 차례로 나타났다. 바프 퀴즈는 이번 결승 미션 특집 준비를 하면서 가장 많이 고민했던 부분이었다. 발목 둘레, 종아리 길이 등 여러 아이디어가 회의에서 나왔지만 수진은 쉽게 결론을 내리지 못했다. 솔직히 허벅지나 허리둘레를 재고 싶었지만 심의에서 백 퍼센트 지적을 받을 게 뻔했다.

　노래가 끝났다. 수진은 제민과 눈을 맞추며 큐 사인을 보냈다. 제민은 벗어두었던 헤드폰을 다시 쓰고 마이크 가까이 앉았다.

　"자, 몸풀기 퀴즈 정답 발표해야죠. '보이는 라디오' 보시고 많은 분들이 가슴이라고 보내주셨는데 여러분, 여긴 공중파 방송이구요. 4589님, 쇄골이라고 보내주셨는데 어느 쪽인지는 안 써주셨네요. 정답! 오른쪽 쇄골까지 맞춰주신 3764님께 리조트 숙박권 보내드릴게요."

　쇄골도 선정성 논란에서 완전히 자유로울 수는 없겠지만 화제성을 감안해서 그 정도 비난은 감수하겠다 생각하고 내린 결정이었다. '보이는 라디오'의 영상은 심의 대상이 아니기 때문에 운이 좋으면 심의실의 눈을 피해 갈 수 있을지 모른다는 계산도 있었다.

　바프 퀴즈 측정은 린린, 썸머, 은소, 새아 순으로 하기로 했다. 먼저 린린이 저지 점퍼를 벗자 길고 새하얀 목 라인이 드러났다. 그 아래 자리잡은 일자 모양의 쇄골은 승모근 보톡스로 만들어냈을 매끈한 어깨와 조화를 이뤘다. 쇄골도 성형을 할 수 있을까. 어디서부터 어디까지가 본래 린린의 것일까. 수진은 저도 모르게 화면을 향해 손을 뻗었다가 손가락을 움츠렸다.

돌스 멤버의 가슴 가까이 줄자를 가져다대는 정 작가의 몸짓만으로도 수진이 기대한 효과는 발휘되었다. 린린과 썸머를 거쳐 은소의 쇄골 길이를 재는 동안 SNS에서 제라플의 실시간 트렌드 순위는 6위에서 3위로 올라섰다. 이제 마지막, 새아의 차례였다. 새아는 속이 비치는 베이지색 민소매 티셔츠를 입고 있었다. 그녀는 눈을 살짝 내리깔고 미소를 지으며 어깨를 쭉 폈다. 카메라앵글이 그녀의 목선부터 가슴 라인까지 클로즈업했다. 그런데 오른쪽 쇄골이 끝나는 부분 바로 아래에 나비의 날개처럼 보이는 문양이 언뜻 보였다.

"어? 저거 문신 아냐? 문신은 잡히면 안 되잖아."

서 감독이 수진을 돌아보며 말했다.

"아, 그러게요. 어차피 인터넷으로만 나가니까 잠깐은 괜찮을 거예요."

수진은 혹시 청취자 항의가 들어왔을까 싶어 문자메시지 창의 스크롤을 내렸다.

—방금 보인 게 새아 언니 문신 맞나요? 저 자리에 문신이 있었나?

—새아 나비 문신 처음 봐요. 지난주만 해도 없었거든요.

—우리 새아, 예전 인터뷰에서 문신은 해본 적도 없고 앞으로도 안 할 거라고 했었는데.

―새아 언니 문신 원래 있었던 거로 기억해요. 전에도 화면에 잡힌 적 있지 않나요?

　―그러고 보니 오늘따라 새아 씨 얼굴이 너무 많이 부은 것 같은데요. 없던 문신도 보이고. 뭔가 좀 이상하네요.

　문자메시지 창의 이슈는 수진의 예상과는 다른 방향으로 번져나가고 있었다. 새아의 팬들은 문신의 진위를 놓고 토론을 벌였다. 지난 주말 〈밋더걸스〉 방송 때와 얼굴이 많이 달라 보인다는 얘기도 속속 올라왔다. 몇몇은 저녁에 SNS에서 돌았던 루머를 언급했다. 새아에게 진짜 무슨 일이 있었던 게 아니냐는 거였다. 생방송 전 지워버렸던 단어가 다시 형체를 갖춰 수진의 머릿속에 떠오르기 시작했다. 수진은 고개를 돌려 차 실장을 찾았다. 조금 전까지만 해도 뒤쪽 소파에 앉아 있었던 것 같은데 그새 밖으로 나갔는지 보이지 않았다.

　'청취자 전화 연결 남아 있으니까 바프 퀴즈 적당히 정리하고 노래로.'

　수진은 DJ 프롬프터에 메시지를 띄웠다. 제민은 작게 고개를 끄덕였다. 그는 침착하게 방송을 잘 끌어가고 있었다. 수진이 '오늘 진행 아주 좋아'라고 쓰자 제민이 눈을 찡긋하며 미소를 지었다. 온에어 사인이 꺼지고 돌스의 두번째 신곡이 플레이되기 시작했다. 수진은 문자메시지 창을 다시 한번 확인했다. 다행히 조금 전의 논란은 조금 가라앉은 듯 보였다. 수진은 작게 한숨을 내쉬었다. 갑자기 담배 생각이 간절했다.

"노래 끝나면 바로 청취자 전화 갈게. 누구 하기로 했어?"

수진은 목소리를 한 톤 높여 작가들에게 물었다.

"그, 다음주에 군대 간다는 친구요. 은소 좋아한다는."

정 작가가 대답했다.

"사전 인터뷰 꼼꼼히 한 거지? 이상한 사람은 아니고?"

"네, 말도 곧잘 하고 유머 감각도 있어요."

수진은 부스 위에 달린 시계를 올려다보았다. 11시 37분이었다. 광고와 클로징 시간을 빼면 10여 분밖에 시간이 없었다. 선배, 노래 후렴구 줄이면서 DJ 마이크 줄게요. 수진의 말에 서 감독이 오디오 페이더를 천천히 내렸다. 큐 사인과 함께 온에어 박스에 빨간불이 켜졌다.

"자, 이제부터는 돌스 멤버들이 제라플 청취자분들과 직접 얘기 나눠볼 텐데요. 어떤 분이 기다리고 있을지 바로 만나볼게요. 여보세요?"

제민이 밝은 톤으로 입을 열었다.

"……"

"여보세요? 나와 계신가요?"

수진은 의자에서 벌떡 일어났다. 어떻게 된 거냐고 묻는 순간 스피커에서 여보세요, 하는 목소리가 흘러나왔다. 뭐야 진짜. 간 떨리게. 서 감독이 큰 소리로 투덜댔다.

"네, 어디 사는 누구세요?"

"상계동 사는 스물두 살 대학생인데요. 다음주에 입대하게

돌스의 사생활 **219**

돼서요."

남자의 목소리는 침착하고 부드러웠다.

"아, 네. 돌스의 응원이 간절할 것 같은데요. 어떤 멤버와 이야기하고 싶으신가요?"

"아, 저, 그게…… 새아 씨요."

은소 팬이라고 하지 않았나? 수진이 뒤를 돌아보며 물었다. 그러게요, 사연은 그렇게 보냈었는데. 뭐, 그새 마음이 바뀌었나보죠. 최 작가가 덤덤하게 말했다.

새아와의 통화 기회를 따내기 위한 청취자 개인 미션이 이어졌다. 남자는 돌스의 타이틀곡을 트로트 버전으로 바꿔 구성지게 불렀다. 와, 숨은 트로트 장인이 여기 계셨군요. 제민의 과장된 칭찬과 함께 돌스 멤버들의 박수가 쏟아졌다. 제민은 트로트 버전 음원을 내도 되겠다, 군대 가서 선임들한테 사랑받겠다 등등 실시간 문자 반응 몇 개를 소개하고 새아에게 마이크를 넘겨주었다.

"안녕하세요! 새아입니다. 이렇게 통화하게 돼서 정말 반가워요."

"네, 안녕하세요."

"곧 군대 가신다고요? 아직 날씨가 많이 추운데 고생이 많으시겠어요."

새아는 크고 파란 눈을 깜빡거리며 안타까운 표정을 지었다. 하지만 콧소리가 섞인 그녀의 목소리는 그에 비해 지나치게 밝았다. 새아, 참 애쓴다. 수진은 혼잣말을 중얼거리며 피식 웃었다. 뒤이어 남자가 숨을 크게 들이쉬는 소리가 들렸다.

"너, 새아 아니지? 가짜 맞지?"

수진은 귀를 의심했다. 잘못 들은 건가, 생각하는 순간 유리 부스 너머로 얼어붙은 제민의 표정이 눈에 들어왔다. 부스 안에는 정적이 흘렀다. 5초 이상 무음이 지속되면 방송 사고였다. 수진은 황급히 토크백마이크 버튼을 눌렀다. 일단 말 받아. 아무 말이나, 얼른. 제민이 얼떨떨한 표정을 풀고 간신히 입을 열었다. 청취자분께서 뭔가 착각을 하신, 이라고 말을 꺼내자마자 남자가 말허리를 자르며 날카롭게 내질렀다.

"새아는 지금 병원에 있어. 너 누군데 지금 거기 앉아서 새아 흉내내고 있는······"

"전화 내려주세요. 당장."

수진의 외침에 서 감독이 전화 페이더를 급하게 내렸다. 부스 안에는 다시 정적이 흘렀다. 멤버들의 얼굴은 하얗게 질려 있었다. 수진은 토크백마이크 버튼을 다시 눌렀다. 제민아, 죄송하다고 해. 일단 죄송하다고.

"죄송해요. 그, 그게······ 뭐, 뭔가 착오가 있었던 것 같은데요."

제민의 목소리는 심하게 떨리고 있었다. 수진은 노래 제목을 프롬프터에 띄웠다. '일단 노래로.'

"노래 듣고 다시 올게요. 잠시만요."

온에어 사인이 꺼졌다. 수진은 의자에 주저앉았다. 귓속에서 심장 뛰는 소리가 쿵쾅대며 울렸다. 그때 스튜디오 문이 열리더니 차 실장이 벌게진 얼굴로 뛰어들어왔다. 방금 청취자 전화 어떻게 된 거냐고 묻는 그에게 수진은 쏘아붙였다.

"제가 묻고 싶은 말인데요. 도대체 이게 다 뭐예요?"

"무슨 말씀이십니까?"

차 실장은 얼떨떨한 표정으로 그녀를 마주보았다.

"저기 앉아 있는 애, 새아 맞아요? 오후부터 퍼진 루머는 뭐예요? 실장님 저한테 숨기는 거 있죠?"

수진은 차 실장의 얼굴을 노려보며 물었다. 두 사람 사이에 침묵이 흘렀다. 수진의 등뒤에서 지호가 피디님 저희 시, 실시간 트렌드 1위 찍었습니다, 라고 더듬거렸다. 문자메시지 창이 무서운 기세로 터져나가기 시작했다.

불 꺼진 방송국 로비에는 아무도 없었다. 지하 주차장으로 가는 엘리베이터를 기다리며 수진은 휴대폰을 열어 포털사이트 앱에 접속했다. 연예 뉴스를 클릭했다. 제민과 새아의 사진이 첫 화면에 올라와 있었다. SNS의 실시간 트렌드 순위는 여전히 제라플이 1위였다. 그때 청취자 전화를 더 끌어도 되었나. 뒤늦게 그런 생각이 수진의 머리를 스쳤다. 방송 사고라고 해서 모든 게 나쁜 건 아니었다. 실보다 득으로 작용할 때도 있었다. 제민이 클로징에서 정중하게 사과 멘트를 했고 프로그램 홈페이지에도 사과문을 올렸으니 무난하게 수습이 될 거라 믿었다. 생방송중에 벌어진 돌발 상황이었고 수진은 피디로서 최선의 조치를 한 셈이었다.

차 실장에게는 생방송이 끝난 뒤 깨끗하게 사과했다. 괜한 신경쓰게 해드려서 오히려 죄송하다며 차 실장은 그녀에게 더 깍듯이 대했다. 오해를 살 만한 여지가 없었던 건 아니니 온전히 자신의 실수만은 아니었다고 되새기며 수진은 주차장으로 들어섰다. 그런데 늘 세워두던 곳에 차가 보이지 않았다. 오후에 은행에 다녀온 뒤 자리가 없어 후문 쪽 도로변에 차를 세워둔 게 그제야 생각났다.

수진은 건물 담장을 끼고 후문 쪽으로 걸어갔다. 3월인데도 밤공기가 꽤 매서웠다. 코트 깃을 올리고 팔짱을 꼈다. 주변 가게들은 모두 불이 꺼져 있었다. 희미한 가로등만 드문드문 인도를 비췄다. 오른편으로 꺾으려는데 어딘가에서 남자의 말소리가 들렸다. 수진은 소리가 나는 쪽으로 고개를 돌렸다. 길모퉁이에 익숙한 뒷모습이 보였다. 수진은 그쪽으로 조심스레 걸음을 옮겼다.

남자는 검정색 세단에 기대서서 담배를 태우며 누군가와 통화를 하고 있었다.

"…… 그러니까요. 새아한테 미안하긴 하지만 걔한테 관심이 쏠린 건 결론적으로 잘된 일이죠. 은소는 좀 어때요? 재수술 경과는 좋다고 하던데요?"

수진은 가로등 불빛이 닿지 않는 상점 아래로 몸을 숨겼다.

"주말까진 도연이로 가려고요. 애가 눈치가 빨라서 은소 회복할 때까진 문제없을 겁니다. 참, 새아 대타도 트레이닝 거의 끝났어요. 슬슬 준비 들어가겠습니다."

남자는 담배꽁초를 비벼 끄고 차에 올라탔다. 세단은 요란한 소리를 내며 시야에서 사라졌다.

수진은 그제야 기대고 선 벽에서 전해오는 한기를 느꼈다. 왔던 길을 되돌아가야 했지만 발이 떨어지지 않았다. 팔짱을 단단히 낀 채로 지난 두 시간을 복기해보려고 애썼다. 은소의 얼굴과 몸짓과 목소리가 어땠었는지 기억을 더듬었다. 아무것도 생각나지 않았다. 무슨 옷을 입었는지, 머리는 무슨 색이었는지, 어떤 말을 했는지도. 금발에 레인보우 스니커즈였나. 아니, 핑크색 포니테일에 실버 부츠를 신었던가. 근데 그애는 은소가 아니라고 했지. 도연이, 아니 도영이었나.

수진은 휴대폰을 열어 통화 목록을 살폈다. 창을 닫고 문자메시지 앱을 열었다가 그마저도 닫아버렸다. 뭔가를 해야 한다고 되뇌며 포털사이트에서 메일함으로, 다시 통화 목록으로 손가락을 분주하게 움직였지만 뭘 해야 하는지, 아니 뭘 할 수나 있는 건지 알 수 없었다. 맨살이 드러난 허리와 다리를 움직일 때마다 속바지가 보이던 미니스커트, 농도가 다른 푸른색 눈들만 어지럽게 머릿속을 떠돌았다.

때 이른 목련 잎사귀 하나가 발밑에 내려앉았다. 수진은 숨을 크게 들이쉬었다. 시럽을 쏟은 것처럼 다디단 향이 코끝에 맴돌았다.

작가의 말

  단편소설의 분량은 원고지 80매 내외, A4로 환산하면 열 장 정도가 된다. 이 길지 않은 소설 한 편을 쓰기 위해 나는 보통 다음과 같은 과정을 거친다.

  첫번째 단계는 '노트북을 책가방에 넣고만 다니는' 시기다. 출근할 때는 물론 어딜 가든, 심지어 목욕탕에 갈 때도 애착 인형처럼 노트북을 챙긴다. 하지만 한번도 꺼내지 않고, 아니 꺼내지 못하고 집으로 돌아온다. 어깨는 어깨대로 쑤시고 마음은 마음대로 불편하다.
  이렇게 1주일가량 보내고 나면 두번째 단계에 진입한다. 바로 '노트북을 꺼내 한글 프로그램을 열기만 하는' 시기다. 죽

을힘을 다해 노트북을 꺼낸 뒤, 전원을 켜고 한글 프로그램까지 연다. 하지만 딱 거기까지다. 순백의 화면을 견딜 수 없어 유튜브와 온라인쇼핑과 SNS의 세계로 도주한다.

　이 두 단계를 거친 뒤에야 비로소 첫 문장을 쓸 수 있다. 아니, 내가 첫 문장을 쓰는 게 아니라 첫 문장이 내게 허락된다고 해야 할까? 한두 문장은 한두 문단으로 나아간다. 어느 날은 고무적으로 한두 장을 쓰기도 한다. 하지만 노트북을 켜자마자 바로 집중해서 써나가는 경우는 극히 드물다. 평균적으로 한 시간 집필을 위해서는 '책상에 앉아 그저 흘려보내는' 다섯 시간이 필요하다.

　소설을 처음 쓰던 시절에는 이런 과정이 적잖이 당황스러웠다. 의지박약이라 탓하며 나를 다그쳤고 버려지는 시간을 줄여보고자 이런저런 해법을 찾았다. 하지만 수많은 시도와 어김없는 실패 끝에 나는 알게 되었다. 이 모든 무용한 시간 없이 소설을 쓰는 건 불가능하다는 것을. 키보드에 손 한번 얹지 않았던 그 백지의 시간 동안 나는 '소설을 쓰고 있었다'는 것을.

　소득 없이 흘려버리는 것들 덕에 나는 쓸 수 있다. 무용함 안에 소설이 있다. 이상하게 들릴 수 있겠지만 적어도 내겐 진실이고 어쩌면 당연한 이치일지 모른다고 생각한다. 사는 일도 그러하니까. 대체로 지지부진하고 작은 돌부리에도 자주 걸려 넘어지고 목적지는 보이지 않고 앞으로 나아간다고 생각했는데 뒤로 걷고 있을 때가 많으니까. 무언가를 손에 꼭 쥐고 있다고 생각했는데 손바닥을 펼쳐보면 아무것도 없으니까. 사람의 일이 그러하다면, 사람의 이야기를 담는 소설도 당연히 그렇지 않을까.

이 책에 실린 단편들은 그런 무용함 속에서 탄생했다. 작품의 씨앗은 각기 다르지만, 희미하고 어렴풋한데 어쩐지 지나치고 싶지 않은 마음들, 그러니까 유용함과는 거리가 먼 것들을 곰곰이 들여다보다 지어낸 이야기들이다. 세상의 기준으로 본다면 아무 소득도 없는, 그런 무용한 흔적과 기척 속에서만 발견할 수 있는 반짝임과 온기가 있고, 그것이 결국 우리를 살게 한다고 나는 믿는다. 그래서 앞으로도 계속 소설을 읽고 쓸 것이다. 무용함이 주는 이상한 아름다움 곁에 오래도록 머물 것이다.

이 책을 내기까지 많은 이들에게 빚을 졌다. '자수정(자, 이제 수정하자)'과 '근근과일' 문우들이 가장 먼저 떠오른다. 이들의 믿음과 응원 덕에 나는 용기 내어 책상 앞에 앉을 수 있었다. 책을 엮자고 손 내밀어주신 신정민 대표님, 부족한 점을 꼼꼼히 메워주신 이경숙 편집자님, 과분한 추천사를 써주신 조해진, 서장원 작가님께도 깊이 감사드린다. 마지막으로 언제나 든든한 울타리가 되어주는 어머니 하경희 님과 가족에게 사랑을 전한다.

2025년 여름
이주영

이주영
주중에는 라디오 프로그램을 제작하고 주말에는 소설을 쓴다. 대학에서는 언론정보학을, 대학원에서는 서사창작을 공부했다. KBS 팟캐스트 〈요즘 소설 이야기〉에서 한동안 요즘 소설을 소개했다. 세상 모든 것에 쉽게 반하고 자주 마음이 변하지만 문학만은 예외다.

초록을 지닌 채 우리는

초판 인쇄 2025년 7월 18일
초판 발행 2025년 7월 28일

지은이 이주영

편집 이경숙 정소리 | 디자인 윤종윤 이주영
마케팅 김다정 박재원 | 저작권 박지영 형소진 주은수 오서영 조경은
브랜딩 함유지 박민재 이송이 박다솔 조다현 김하연 이준희 복다은
제작 강신은 김동욱 이순호 | 제작처 천광인쇄사

펴낸곳 (주)교유당 | 펴낸이 신정민
출판등록 2019년 5월 24일 제406-2019-000052호

주소 10881 경기도 파주시 회동길 210
문의전화 031.955.8891(마케팅) | 031.955.2680(편집) | 031.955.8855(팩스)
전자우편 gyoyudang@munhak.com

홈페이지 www.gyoyudang.com
인스타그램 @gyoyu_books | 트위터 @gyoyu_books | 페이스북 @gyoyubooks

ISBN 979-11-94523-63-5 03810

- 교유서가는 (주)교유당의 인문 브랜드입니다.
  이 책의 판권은 지은이와 (주)교유당에 있습니다.
  이 책 내용의 전부 또는 일부를 재사용하려면 반드시 양측의 서면 동의를 받아야 합니다.